U0030506

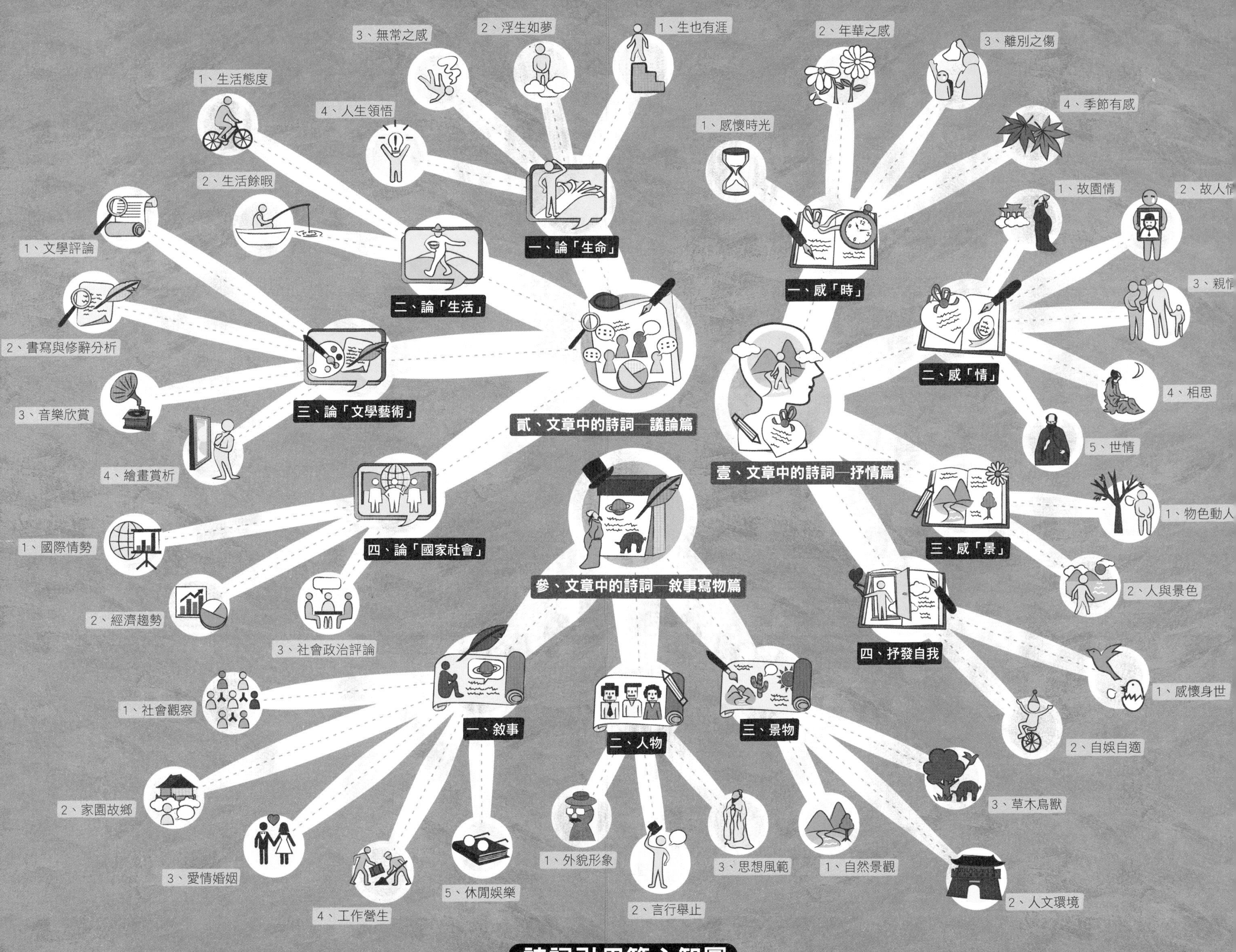
壹、文章中的詩詞—抒情篇
一、感「時」
1、感懷時光
2、年華之感
3、離別之傷
4、季節有感
二、感「情」
1、故園情
2、故人情
3、親情
4、相思
5、世情
三、感「景」
1、物色動人
2、人與景色
四、抒發自我
1、感懷身世
2、自娛自適
貳、文章中的詩詞—議論篇
一、論「生命」
1、生也有涯
2、浮生如夢
3、無常之感
4、人生領悟
二、論「生活」
1、生活態度
2、生活餘暇
三、論「文學藝術」
1、文學評論
2、書寫與修辭分析
3、音樂欣賞
4、繪畫賞析
四、論「國家社會」
1、國際情勢
2、經濟趨勢
3、社會政治評論
參、文章中的詩詞—敘事寫物篇
一、敘事
1、社會觀察
2、家園故鄉
3、愛情婚姻
4、工作營生
5、休閒娛樂
二、人物
1、外貌形象
2、言行舉止
3、思想風範
三、景物
1、自然景觀
2、人文環境
3、草木鳥獸

詩詞引用篇心智圖

中文可以更好 31

如何捷進寫作詞彙
詩詞引用篇

林湘華　編

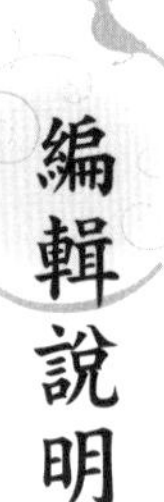

編輯說明

一、本書是寫作參考的工具書，依照事物的概念類別以及實用原則，分為十一大類、三十七小類；小類之下再根據詩詞的用法排列，由此路徑查詢，可找到適切的詞句。

二、本書搜羅的詩詞共約四百多條，先根據詩詞在文章中的使用方式正反、褒貶，程度淺深、輕重，順序發展變化排列。每一句詩詞都有解釋，方便讀者了解詞句的原意，並附上原句和作者介紹，使讀者更能了解詩句的時代背景、淵源和使用的範圍。

三、每句詩詞之後，精選歷來百位作家，合計近五百個名句範例，供讀者在欣賞觀摩之餘，迅速從中學習用法與巧妙變化，體會語境，提供自己的寫作與表達能力。

四、閱讀是增進詞彙的不二法門。期望本書除滿足查詢功能，有助於學生與讀者從平日閱讀工夫中，加強運用詩詞的敏感度，在捷進寫作詞彙上更有方法與心得。

五、此外，本書概念分類可參照彩色拉頁「詩詞引用心智圖」。並在目錄詳細列出詩詞名句供參考，加速正確查詢。

編者林湘華與商周出版編輯部

大專院校與國高中校長、國文教師一致推薦

流傳千百年的古典詩詞，文句簡潔優美而豐富，如能善加引用，最能增添文章的意境與深度。本書廣泛蒐集詩詞名句，且以生活化架構與分類，是捷進語文寫作能力的絕佳讀本。

——裕德國際學校校長　李慶宗

古典的詩詞金句，是經過歷史淬鍊的語文寶藏，既典雅優美又簡潔有力！運用在寫作裡，必然如虎添翼，令人驚豔！《如何捷進寫作詞彙》系列值得好好品賞，豐富寫作詞彙，讓寫作不再是難事！

——臺灣師範大學國文系教授　潘麗珠

一篇好論文恰似一幅好湘繡，筆行筆停即同針進針出；沒有金絲銀縷，沒有出眾樣板，刺不出宇宙文章。商周這一系列的好書則貼心地幫你把線材和樣板全給備齊了！

——中央警察大學通識教育中心教授　鄒濬智

「為有源頭活水來」，熟讀《如何捷進寫作詞彙——詩詞引用篇》，足可掌握唐詩、宋詞、元曲的意義與用法；共看名家例句的「天光雲彩」，讓你既能「吟詩」，也能「作詩」！

——臺灣科技大學人文社會學科國文領域助理教授　蔡明蓉

介紹詩詞曲名句的書籍繁多，但似乎未見有如此羅列古句新用的名家篇章段落者。

——國立苗栗高商國文教師　呂婉甄

盡是眾聲喧譁。本書可見「詩詞作者」與「名家例句」對話、古世與今事對話、文思與才情對話、作者與讀者對話……對了！話就該這樣用！

——臺北市士林高商國文教師　鄒依霖

「白頭搔更短，渾欲不勝簪」，娓娓道出每位莘莘學子寫作文詞窮的窘境。若有本書在手，必能旁徵博引、觸類旁通，讓寫文章不再成為苦差事。讓作文充滿「大家」的詞句，更添文章的可看性，即使面對聯考也不用擔心！

——臺北市松山家商國文教師　何宜珊

本書透過詩詞評析、名家例句的爬梳剔抉，引領讀者登詩詞丘阜，探文心幽微，轉譯詩詞於創作中——以詩詞織文采，抒發情志於天地的廓然。

——臺北市萬華國中國文教師　藍淑珠

目錄

Contents

壹・文章中的詩詞——抒情篇

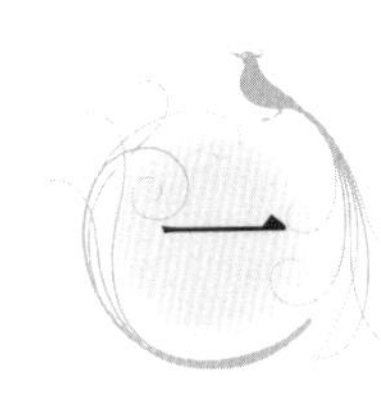

一 感「時」

1 感懷時光

❖前不見古人，後不見來者

站在幽州臺上，展目望去，四野遼闊，無垠的穹蒼，如同漫漫無盡的時光，此時此地的我，獨立蒼茫，不見前人與來者！

【詩詞與作者】

出自陳子昂〈登幽州臺歌〉：

前不見古人，後不見來者。念天地之悠悠，獨愴然而涕下。

唐初詩風尚承襲六朝雕琢柔媚的習氣，陳子昂提倡恢復古風，是建立唐詩時代風格的先驅，後來的李白也相當推崇他。

【名家例句】

時間並不單獨存在。時間無形，無聲，無色，無臭。要說明時間的存在，還得回過頭來從事事物物去取證。從日月來去，從草木榮枯，從生命存亡找證據。正因為事事物物都可為時間作注解，時間本身反而被人疏忽了。所以多數人提問到生命意義同價值時，沒有一個人敢說「生命意義同價值，祇是一堆時間」。前不見古人，後不見來者，這是一個真正明白生命意義同價值的人所說的話。老先生說這話時心中的寂寞可知！（沈從文〈大山裡的人生〉）

與筆硯疏遠以後，好像是經過了不少時日的樣子。我近來對於時間的觀念，一點兒也沒有了。總之案頭堆著的從南邊來的兩三封問我何以老不寫信的家信，可以作我久疏筆硯的明證。所以從頭計算起來，大約從我發表的最後的一篇整個幾的文字到現在，總已有一年以上，而自我的右手五指，拋離紙筆以來，至少也得有兩三個月的光景。以天地之悠悠，而來較量這一年或三個月的時間，大約總不過似駱駝身上的半截毫毛。（郁達夫〈小春天氣〉）

遲遲鐘鼓初長夜，耿耿星河欲曙天

安史之亂起，唐明皇與楊貴妃避難蜀地，因禍起於楊氏，中途六軍鼓譟抗爭，不願前行，明皇不得已賜死楊妃，埋骨於馬嵬坡下。亂平後，明皇自西蜀回京，讓位於太子，退居於宮內。歸來後，景色依舊，人事已非，經常想起從前與楊妃朝朝暮暮共處的情景，夜裡時有更鼓報時之聲清晰傳入耳來，抬頭一望，無盡的銀河還橫亙於欲亮未亮的曙光中，獨自想起往日種種，不禁覺得此夜倍加漫長了。

【詩詞與作者】

出自白居易〈長恨歌〉：

……梨園弟子白髮新，椒房阿監青娥老。夕殿螢飛思悄然，孤燈挑盡未成眠。遲遲鐘鼓初長夜，耿耿星河欲曙天。鴛鴦瓦冷霜華重，翡翠衾寒誰與共。……

白居易是中唐有名的詩人，與元稹、劉禹錫等著名文人有深厚的情誼，留下許多唱酬往來的詩篇。白居易的詩歌雖然文詞平易，卻蘊含溫厚的情感，毫不淺俗。

【名家例句】

回想起來這一年的歲月，實在是悠長的很呀！**綿綿鐘鼓初長的秋夜**，我當眾人睡盡的中宵，一個人在六尺方的臥房裏踏來踏去，想想我的女人，想想我的朋友，想想我的暗淡的前途，曾經燻燒了多少支的短長菸捲？（郁達夫〈小春天氣〉）

❖人有悲歡離合，月有陰晴圓缺

這是蘇軾於宋神宗熙寧九年丙辰中秋，寫給弟弟蘇轍的一首詞。蘇軾和蘇轍兄弟一向感情深篤，兄弟二人，自從跟著父親（蘇洵，也是著名的散文家）一路從當時算是「內地」的蜀地，進京趕考之後，歷經仕宦的分離，多年不曾返鄉。其中最為膾炙人口的，便是這首寫於丙辰中秋的〈水調歌頭〉。

詞中一貫地表現了蘇軾向來善於將佛道哲思化入詩文情境的本事，又飽含蘇軾對人事特有的明敏通達的風格，因此將深厚的情誼，分隔兩地的感傷遺憾，運用「詞」歌唱宛轉的形式特質，經由幾番曲折的翻轉，化成餘韻不斷的懷人之思。

【詩詞與作者】

詞句出自蘇軾〈水調歌頭〉：

明月幾時有，把酒問青天。不知天上宮闕，今夕是何年。我欲乘風歸去，又恐瓊樓玉宇，高處不勝寒。起舞弄清影，何似在人間。轉朱閣，低綺戶，照無眠。不應有恨，何事長向別時圓。人有悲歡離合，月有陰晴圓缺，此事古難全。但願人長久，千里共嬋娟。

蘇軾可以說是文學史上人氣相當高的人物，也是一位全才型的文人，詩、詞、書、畫、經史，均能自成一家。他的詩歌不僅影響兩宋，也影響了遼、金、元各朝，而與江西詩派盟主黃庭堅並為宋詩之代表。

【名家例句】

在漢字當中，「圓」這個字變成一個非常特殊的符號。已經不只是形狀了，它成為一種祝福！為什麼我們有一個節日叫做中秋節？為什麼所有的親人在中秋節時要團聚，一起期待一年之中最圓最美的那個月亮？蘇東坡曾在「丙辰中秋」，寫下他最為人傳誦的詩句給弟弟，有幾句是：「人有悲歡離合，月有陰晴圓缺，此事古難全。但願人長久，千里共嬋娟。」……所以這個時候我們會發現，圓這個造型對某一個民族來說，變成了記憶，變成了永恆。（蔣勳〈視覺之美〉）

2 年華之感

良辰美景奈何天，賞心樂事誰家院

〈驚夢〉是戲曲《牡丹亭》著名的一折，寫杜麗娘與侍女春香遊園賞玩，因情入夢的情節。「良辰美景奈何天，賞心樂事誰家院」，是其中〈皂羅袍〉一曲的曲文，說的是杜麗娘年方十六，出身名門，長居深閨，一日與侍女春香遊園消遣，見韶光正好，百花開遍，睹景傷情，自傷深閨裡幽夢難遣，年華虛度，一時感慨等等情事。《牡丹亭》為戲曲中的寫「情」名作。歷來皆謂杜麗娘感「情」而死，因情還生等情節之「奇」，為情之極致。

【詩詞與作者】

出自湯顯祖《牡丹亭》第十齣〈驚夢〉：

原來奼紫嫣紅開遍，似這般都付與斷井頹垣。良辰美景奈何天，賞心樂事誰家院！朝飛暮捲，雲霞翠軒，雨絲風片，煙波畫船——錦屏人忒看的這韶光賤！

湯顯祖為晚明傳奇大師，著有五部傳奇，其中最膾炙人口為《還魂記》，也就是大家熟知的《牡丹亭》。其內容寫杜麗娘與侍女春香遊園傷春，感物動情，因情入夢，夢與書生柳夢梅歡會，醒後感夢中情境，傷情而亡，生前寫真留記，後由柳夢梅拾得，杜麗娘還魂人世，成就姻緣。從年方韶華，含情幽閨的少女情懷，襯托以侍女春香之爛漫天真，錦繡如畫的園景，一路宛轉鋪陳，曲曲是牽動人心的頌讚青春之歌，因此而寫「情」、寄「情」，細緻雋永，悱惻低迴，是傳奇般的情節之外，極耐人咀嚼吟唱的「情」詞。

【名家例句】

眼睛卻瞇成了一條縫，射出了逼人的銳光，兩張臉都向著她，一齊咧著整齊的白牙，朝她微笑著，兩張紅得髮油光的面靨漸漸的靠攏起來，湊在一塊兒，咧著白牙，朝她笑著。笛子和洞簫都嗚了起來，笛音如同流水，把靡靡下沉的簫聲又托了起來，送進《游園》的《皂羅袍》中去——

原來姹紫嫣紅開遍，似這般都付與斷井頹垣，良辰美景奈何天，賞心樂事誰家院——杜麗娘唱的這段「昆腔」便算是昆曲裏的警句了。（白先勇《台北人》）

我讀了「良辰美景奈何天」等句，曾經真心地感動。以為古人都嘆息一春的虛度。前車可鑑！到我手裡絕不放它空過了。最是逢到了古人惋惜最深的寒食清明，我心中的焦灼便更甚。那一天我總想有一種足以充分酬償這佳節的舉行。（豐子愷〈秋〉）

白髮三千丈，緣愁似個長

此為感傷光陰易逝，年華老大的詩句。謂年紀漸長，唯有愁煩與白髮日日增長，直如無止境的歲月一般。為〈秋浦歌〉之一，〈秋浦歌〉共十七首，是李白往來江東池州一帶時所作，多詠當地風物，充滿感物之思。

【詩詞與作者】

出自李白〈秋浦歌〉第十五首：

白髮三千丈，緣愁似個長。不知明鏡裡，何處得秋霜。

李白雖是歷史上數一數二的名詩人，唐詩風華的代表人物，然而他自己卻從來不定格為一位

「詩人」。其人任俠尚氣喜歡學擊劍、學道術，跟道士們交往，甚至自己也當過道士，無論其人其詩，俱足以為詩史上之長庚太白。

【名家例句】

這一年的中間，我的衰老的氣象，實在是太急速的侵襲到了，急速的，真真是很急速的。白髮三千丈一流的誇張的比喻，我們暫且不去用它，就減之又減的打一個折扣來說罷，我在這一年中間，至少也的的確確的長了十歲年紀。牙齒也掉了，記憶力也消退了，對鏡子剃削胡髭的早晨，每天都要很驚異地往後看一看，以為鏡子裏反映出來的，是別一個站在我後面的沒有到四十歲的半老人。（郁達夫〈小春天氣〉）

白髮不能容宰相，也同閑客滿頭生

此詩已散佚，剩此名句，大意略同於杜牧詩句「公道世間唯白髮，貴人頭上不肯饒」，既是感嘆，亦是自我調侃，這白髮還真是公道，不只宰相頭上，連我等閒散之人也不放過呢。

【詩詞與作者】

這是唐代詩人滕倪的詩句，全詩已遺佚，只在後人筆記中記載了此一佳句。據唐人筆記《雲溪友議》記載，滕倪在當時亦有文名，然而似乎也是一位早逝的詩人，因此只在筆記中留下一首完整的送別詩，和其他零散的詩句。

【名家例句】

第三次我到這陋巷，是最近一星期前的事。這回是我自動去訪問的。馬先生照舊孑然一身地隱居在那陋巷的老屋裏，兩眼照舊描著堅致有力的線而炯炯發光，談笑聲照舊愉快。只是使我驚奇的，他的深黑的鬚髯已變成銀灰色，漸近白色了。我心中浮出白髮不能容宰相，也同閑客滿頭生之句，同時又悔不早些常來親近他，而自恨三年來的生活的墮落。（豐子愷〈陋巷〉）

❖傷彼蕙蘭花，含英揚光輝

這是一首悲傷夫妻分隔兩地，迢迢難以相會的詩歌。詩中人自喻好比是芬芳的蕙蘭花，光輝美好，卻在離亂中，蹉跎了青春，季節一過，亦將隨著秋風老去。這是《古詩十九首》中感嘆年華短促，悲傷親人離散的典型，而含蓄溫婉，善用譬喻，情味深厚而雋永。

【詩詞與作者】

自漢代《古詩十九首》之十四：

冉冉孤生竹，結根泰山阿；與君為新婚，菟絲附女蘿。菟絲生有時，夫婦會有宜；千里遠結婚，悠悠隔山陂。思君令人老，軒車來何遲！傷彼蕙蘭花，含英揚光輝，過時而不采，將隨秋草萎。君亮執高節，賤妾亦為何！

《古詩十九首》是我國五言詩歌進入成熟階段最高的藝術成就，作者不詳，一般認為應是東漢時期的作品。深刻反映了當時戰亂頻仍，人民流離失所的痛苦。然而詩句清和平遠，感情樸實而深厚，自有驚心動魄，令人低迴不已的感人力量。後世詩人推崇為五言詩之冠冕，評價極高。後來的李白也相當推崇。

❖春風欲勸座中人，一片落紅當眼墮

【詩詞與作者】

出自元代劉因〈木蘭花〉詞：

未開常探花開未。又恐開時風雨至。花開風雨不相妨，說甚不來花下醉。百年枉作千年計。今日不知明日事。春風欲勸座中人，一片落紅當眼墮。

這是典型的「傷春」題材，感傷年華老去，時光不再，是詩詞裡常見的主題。這類的主題，往往又多伴隨著一些「及時行樂」的勸慰之詞。在這首詞裡，作者就又順勢借這人之常情，以春風為比擬，好似春風正勸人及時行樂，不料當著眼前便吹落了一片落花。這一轉折，讓這相當一般的題材增添了幾分俏皮和無奈。

【名家例句】

以看花為樂事的，恐怕只有少年或樂天家。多感的中年人，大抵看了花易興人生無常之嘆，反而陷入悲哀。故我國古代詩人常以花的易謝來比方或隱射人生的易老。古詩十九首中就有這類的詩句：傷彼蕙蘭花，含英揚光輝，過時而不采，將隨秋草萎。君亮執高節，賤妾亦為何！……我暗誦了這些詩，覺得看菊的感傷愈加濃重了。某詞人云：「春風欲勸座中人，一片落紅當眼墮。」今日展覽會裡的殘菊，正像這「一片落紅」，對我這霜鬢的人下了一個懇切的勸告。（豐子愷〈看殘菊有感〉）

感時花濺淚，恨別鳥驚心

全詩乃寫至德二年季春三月，安史之亂中，杜甫身陷賊營，與家人道路隔絕，音書難通，感時傷景之哀。詩句出去了歷經離亂之後，滿目山河依舊而人事已非，暮春三月，正當草木繁盛，道途上卻仍然是烽火滿天，百花奼紫嫣紅如因感時而墮淚斑斑，蟲鳴鳥喧更使愁亂之心倍加憂驚。

【詩詞與作者】

出自杜甫〈春望〉：

國破山河在，城春草木深。感時花濺淚，恨別鳥驚心。烽火連三月，家書抵萬金。白頭搔更短，渾欲不勝簪。

近體詩至唐代發展成熟，到了杜甫，華麗、雅正、深奧、質樸，各種形式風格均發揮無遺，渾涵汪茫，千彙萬狀，古今各體在他手上，均有突出的表現。杜甫名聲在中唐之後愈益輝煌，對後人的影響力也隨著時間益加深廣。

杜甫更常以「詩史」之名受到尊崇，在他筆下社會離亂的實相、知識分子的悲憫、個人際遇的挫折，千古讀來，動人心魄！

【名家例句】

什麼「感時花濺淚，恨別鳥驚心」這種句子，古今中外，不知有千千萬萬。總之，祇因有了有思想、有情感的人，便有了悲歡離合，便有了「戰爭與和平」，便有了「愛和死是永恒的主題」。我羨慕那些沒有人類的星球！（冰心《冰心作品第八卷》）

❖今年花似去年好，去年人到今年老

這是常見的藉詠落花而惋惜感嘆年年老去的詩句。

【詩詞與作者】

出自岑參〈韋員外家花樹歌〉：

今年花似去年好，去年人到今年老。始知人老不如花，可惜落花君莫掃。君家兄弟不可當，列卿禦史尚書郎。朝回花底恒會客，花撲玉缸春酒香。

岑參是盛唐詩歌名家，曾經從軍輔佐戎幕，善寫邊塞詩歌，其為盛唐邊塞詩的代表詩人。在盛唐出現了這類氣象雄渾，格調奇峭的詩歌之後，唐詩更大幅超越六朝詩風，走出了自己的道路，加上田園詩等其他各類詩歌也產生了大量的名作，而使得這一時期成為中國詩歌史上風華鼎盛的時代。

【名家例句】

中年以後的人，因為自己的青春已逝，看了花大抵要妒忌它，以為人不如花。這妒忌常美化而為感傷。我細細剖析自己的感傷，覺得也含著不少這樣的心情。記得前人的詩詞中，告白著這心情的亦復不少：

今年花似去年好，去年人到今年老。始知人老不如花，可惜落花君莫掃。……（豐子愷〈看殘菊有感〉）

❖為賦新詞強說愁

這首詞上半闋最能道中少年好強卻又昧於世事的天真，「為賦新詞強說愁」，遂成為年輕時寫作心情的最佳寫照。

【詩詞與作者】

出自辛棄疾詞〈醜奴兒〉（書博山道中壁）：

少年不識愁滋味，愛上層樓。愛上層樓。為賦新詞強說愁。而今識盡愁滋味，欲說還休。欲說還休。卻道天涼好個秋。

辛棄疾生於宋高宗紹興十年，卒於寧宗開禧三年（一一四〇—一二〇七）。辛棄疾詞風與蘇軾並稱豪放，不過說兩人作品所謂「豪放」，更應該用於指稱其格局、眼界、辭采、音律種種不受羈束的開放性，而兩人均能在這種具有挑戰的開放中淋漓盡致地表現。辛棄疾出了名的喜歡「掉書袋」，典故使用極為頻繁，把所有學問都放進了詞裡，卻用得天然曉暢，靈活豐富。他的長調能氣魄恢宏，情韻綿密，但也有許多俏麗可喜的小令，此詞就是其中甚受歡迎的一首。

【名家例句】

但是當落日餘暉接觸的時候，它仍能欣然而笑。一陣新秋的金風掠過，木葉愉快地飛舞而搖落，你真不知落葉的歌聲是歡笑的歌聲還是黯然銷魂的歌聲。這是新秋精神的歌聲，平靜，智慧，圓熟的精神，它微微笑著憂鬱而贊美興奮、銳敏、冷靜的態度——這種秋的精神曾經辛棄疾美妙地歌詠過：「少年不識愁滋味，愛上層樓，愛上層樓，為賦新詞強說愁。而今識盡愁滋味，欲說還休，欲說還休，卻

道天涼好個秋。」（林語堂〈人生的盛宴〉）

3 離別之傷

❖帶甲滿天地，胡為君遠行

在這離亂之世，到處都是甲兵，是什麼樣的身世，什麼樣的際遇，你必須如此飄泊遠行！

【詩詞與作者】

出自杜甫〈送遠〉：

帶甲滿天地，胡為君遠行。親朋盡一哭，鞍馬去孤城。草木歲月晚，關河霜雪清。別離已昨日，因見古人情。

杜甫的〈送遠〉一詩，寫歲暮天寒，關河慘澹，時當史思明之亂，甲兵滿世，回憶昨日親朋為我送行之情景，雖是生離卻充滿死別之憂哀。

【名家例句】

天色依舊是蒼蒼無底，曠野裏的雜糧也已割盡，四面望去，衹是洪水似的午後的陽光，和遠遠躺在陽光裏的矮小的壇殿城池。我張了一張睡眼，向周圍望了一圈，忽笑向G君說：「秋氣滿天地，胡為君遠行」，這兩句唐詩真有意思，要是今天是你去法國的日子，我在這裡餞你的行，那麼再比這兩句詩適當的句子怕是沒有了……（郁達夫〈小春天氣〉）

剪不斷，理還亂

形容愁思綿綿不絕，雖是不欲懷想，卻仍時時浮上心頭。

【詩詞與作者】

出自李煜詞〈烏夜啼〉：

無言獨上西樓。月如鉤。寂寞梧桐深院鎖清秋。剪不斷。理還亂。是離愁。別是一番滋味在心頭。

【名家例句】

家茵伏在桌上哭。桌上一堆卷曲的絨線，「剪不斷，理還亂」。第二天宗豫還是來了，想送她上船。她已經走了。那房間裏面彷彿關閉著很響的音樂似的，一開門便爆發開來了，他一隻手按在門鈕上，看到那沒有被褥的小鐵床。露出鋼絲綳子，鏡子洋油爐子，五

李煜和他的父親中宗李璟，俱是文學史上著稱的帝王詩人，而李煜和後來的宋徽宗，更是歷史上的藝術家皇帝中情采最為突出者。詞之發源，原稱「詩餘」，主要為音樂歌舞場合寄情遣興之作，至五代大盛，然而五代詞，從花間到南唐，名篇佳作雖多，真正擴大其境界，化輕綺為深秀，令人一新耳目者，殆為後主。

門櫥的抽屜拉出來參差不齊。墊抽屜的報紙團皺了掉在地下。一紙碟子裏還粘著小半截蠟燭。絨線仍舊亂堆在桌上。（張愛玲《多少恨》）

❖貧賤夫妻百事哀

這是元稹懷念已逝妻子的三首〈遣悲懷〉之二，回憶生前舊情及至於死別之哀，回想當初兩人貧賤夫妻一起度過的艱難歲月，而今縱使富貴顯達，卻只餘當年貧賤度日的思憶而倍覺哀痛了！

【詩詞與作者】

出自元稹〈遣悲懷〉三首之二：

昔日戲言身後意，今朝皆到眼前來。衣裳已施行看盡，針線猶存未忍開。尚想舊情憐婢僕，也曾因夢送錢財。誠知此恨人人有，貧賤夫妻百事哀。

元稹詩與白居易齊名，兩人亦為知交，並曾共同提倡以諷喻或社會寫實為目的的「新樂府」運動。

【名家例句】

「啊啊，貧賤夫妻百事哀！我的女人嚇，我累你不少了。」我走上了駁船，在船篷下坐定之後，就把三個月前，在上海北站，送我女人回家的事情想了出來。忘記了我的周圍坐著的同行者，忘記了在那裡搖動的駁船，並且忘記了我自家的失意的情懷，我衹見清瘦的我的女人抱了我們的營養不良的小孩在火車窗裏，在對我流淚。火車隨著蒸氣機關在那裡前進，她的眼淚灑滿的蒼白的臉兒，也和車輪合著了拍子，一隱一現的在那裡窺探我。（郁達夫〈還鄉後記〉）

❖十年生死兩茫茫，不思量，自難忘。

這是蘇軾的悼亡詩，悼念他過世十年的妻子王氏。其深濃的悽惻感傷，常為敘述生死兩隔的代表詞句。

【詩詞與作者】

出自蘇軾〈江城子〉詞：

十年生死兩茫茫。不思量。自難忘。千里孤墳，無處話淒涼。縱使相逢應不識，塵滿面，鬢如霜。
夜來幽夢忽還鄉。小軒窗。正梳妝。相顧無言，惟有淚千行。料得年年斷腸處，明月夜，短松岡。

【名家例句】

若「生離」是對於人世的無奈，「死別」大概就是對於命運的無力吧！當生活的處境逐漸失控的同時，到底我們還能抓住什麼？留住什麼？

蘇東坡的〈江城子〉堪稱是中國文學史上悼亡至愛之人的千古絕唱：

十年生死兩茫茫，不思量，自難忘。千里孤墳，無處話淒涼。（黃致凱〈靠不住的回憶〉）

猶是深閨夢裡人

這兩句詩為歷來哀悼、控訴戰場之犧牲，最常被引用的詩句。

【詩詞與作者】

出自陳陶〈隴西行〉，四首之二：

誓掃匈奴不顧身，五千貂錦喪胡塵。可憐無定河邊骨，猶是深閨夢裡人。

【名家例句】

做輓聯我是不會做的，尤其是文言的對句。而陳先生也想了許多成句，如「高處不勝寒」、「**猶是深閨夢裏人**」之類，但似乎都尋不出適當的上下對，所以祇成了上擧的一聯。這輓聯的好壞如何，我也不曉得，不過我覺得文句做得太好，對仗對得太工，是不大適合于哀挽的本意的。悲哀的最大表示，是自然的目瞪口呆，僵若木雞的那一種樣子，這我在小曼夫人當初次接到志摩的凶耗的時候曾經親眼見到過。（郁達夫〈志摩在回憶裡〉）

向來相送人，各自還其家

這是一首以輓歌情感為題材的詩歌。魏晉人喜歡仿擬各類情感作為群體和個人寫作的主題，輓歌即是其中一種。在這首陶淵明所仿擬的輓歌詩中，設想了一旦自己故去後，送葬的情景：眾人悲歌相送，而送葬已畢，親戚亦各自告別還家，死者還歸自然。

親戚或餘悲，他人亦已歌。死去何所道，托體同山阿。

對於陶淵明，一般所熟知的是他田園詩文裡所呈現的返歸自然的生活境界，然而除了感情自然真摯外，他的作品還不時從中透顯出一超然的神韻，這又與他純真豁達的生命體認有關。這首自擬輓歌所呈現的，就是陶淵明素來保有的「縱浪大化中，不喜亦不懼」率真自在的情態。

【詩詞與作者】

出自陶淵明〈擬輓歌辭〉：

荒草何茫茫，白楊亦蕭蕭。嚴霜九月中，送我出遠郊。四面無人居，高墳正蕉嶢。馬為仰天鳴，風為自蕭條。幽室一已閉，千年不復朝。千年不復朝，賢達無奈何。向來相送人，各自還其家。

【名家例句】

隅卿去世於今倏忽三個月了。當時我就想寫一篇小文章紀念他，一直沒有能寫，現在雖然也還是寫不出，但是覺得似乎不能再遲下去了。日前遇見叔平，知道隅卿已於上月在寧波安厝，那麼他的體魄便已永久與北平隔絕，真有去者日已疏之懼。陶淵明〈擬輓歌辭〉云：「向來相送人，各自還其家。親戚或餘悲，他人亦已歌。」何其言之曠達而悲哀耶。恐隅卿亦有此感，我故急急地想寫出了此文也。

（周作人〈隅卿紀念〉）

❖人間萬事消磨盡，唯有清香似舊時

年輕時的舊物舊作，而今再次翻撿，不禁感慨萬千：在這綿長的歲月當中，多少年少心事，舊時感懷，都已被歲月磨洗殆盡，然而一朝感觸，卻好似這菊花的清芬，竟喚起了從前的心緒，而那動人的情懷，依然不改。

【詩詞與作者】

出自陸游〈余年二十時嘗作菊枕詩頗傳於人今秋偶復采菊縫枕囊淒然有感〉二首之二：

少日曾題菊枕詩，蠹編殘稿鎖蛛絲。人間萬事消磨盡，只有清香似舊時。

陸游名列南宋「尤、楊、范、陸」四大詩人，而實際上，無論才氣或數量，後代詩評家幾乎都視他為南宋第一人。陸游詩詞兼善，他的詞，亦可與豪放詞南北宋兩大魁首——蘇軾、辛棄疾比肩。

【名家例句】

先是聽說李媛媛患癌，不久聽說她走了。人生如戲，鏡頭晃一下就過去。內地報刊說她美麗善良，人品好演技好；我從她矜持的顰笑中找到的卻是宋家姐妹氣韻裡那種久違的民國味。這樣嫵媚的柳梢月色，也許只有我這輩帶點遺老襟懷的人才傾倒。我有一方「董橋癡戀舊時月光」的閒章，那天想起放翁那句「人間萬事消磨盡，唯有清香似舊時」，再請徐雲叔刻了另一枚「清香似舊時」。（董橋〈為一輪老月亮寫序〉）

4 季節有感

❖忽見陌頭楊柳色。

唐代的仕宦功名，除了學問藝業之外，還大開於邊疆立功一途，除了軍人外，文人也可佐幕邊戎，這也是唐人邊塞詩盛行的緣故。因為獎勵邊功之故，相對的，也興起了產生了另一種閨怨題材，與傳統因戰亂被迫從軍或流離失所導致親人分隔兩地的悲痛憂苦不同，這類閨怨詩，除了部分因為安史之亂時期及其後的戰事頻仍，有悲悼戰禍的色彩外，其他多如此詩，感物起興，近於六朝以來宮詞的怨情類型。

如沈佺期的〈古意〉（「盧家少婦鬱金堂」），和這首詩的「悔教夫婿覓封侯」，都是這類閨怨詩中大家最熟悉的。

【詩詞與作者】

出自王昌齡〈閨怨〉：

閨中少婦不曾愁，春日凝妝上翠樓。忽見陌頭楊柳色，悔教夫婿覓封侯。

王昌齡是盛唐著名的詩人，常被歸類於高適、岑參等邊塞詩人，高適、岑參善於七言長篇歌行，而王昌齡則以七言絕句見長。相對於他邊塞詩的成就，王昌齡也善寫閨怨離別等題材。

【名家例句】

自古以來，詩文常以楊柳為春的一種主要題材。寫春景曰「萬樹垂楊」，寫春色曰「陌頭楊柳」，或竟稱春天為「柳條春」。我以為這並非僅為楊柳當春抽條的原故，實因其樹有一種特殊的姿態，與和平美麗的春光十分調和的原故。這種姿態的特點，便是「下垂」。不然，當春發芽的樹木不知凡幾，何以專讓柳條作春的主人呢？（豐子愷〈楊柳〉）

❖一春能幾番晴

詩詞傳統裡對於因感於物色變化，而興發特定的情感，有所謂「春女思，秋士悲」的說法，許多閨怨詩、或描寫春日閒愁的詩歌，都屬於這一類型。尤其在文人「香草美人」的比興傳統裡，又常以這類題材寄託或隱喻個人身世遭遇之感，而使得這類看似無非幽閨閒情的寫作有許多不同的境界和風貌。

此詞句運用了「情／晴」雙關的隱喻，是這傳統裡相當通俗而普遍的手法。

【詩詞與作者】

出自李彭老〈清平樂〉：

合歡扇子。撲蝶花陰裡。半醉海棠扶半起。淡日秋千閑倚。寶箏彈向誰聽。一春能幾番晴。帳底柳綿吹滿，不教好夢分明。

李彭老，字商隱，號篔房，南宋德清（今屬浙江）人。與南宋著名詞人吳文英、周密等常往來酬唱。延襲早期《花間詞》的傳統，本就起於綺筵繡幌，酬唱風月情懷，故這一類題材的數量極多。其中不少傳承了六朝旖旎多情的民歌和豔情宮詞傳統，例如這首詞便是一例。

小樓一夜聽春雨

這是大詩人陸游一首清新可喜，淺白流暢的詩作。詩歌起於「世味年來薄似紗」，可知已遍嚐人情況味，本有憔悴京華的風塵之感，然而次聯「小樓一夜聽春雨，深巷明朝賣杏花」，一洗因承接上聯而順理成章地傷懷悲歎的可能，令人耳目一新。

【詩詞與作者】

出自陸游〈臨安春雨初霽〉：

世味年來薄似紗，誰令騎馬客京華。小樓一夜聽春雨，深巷明朝賣杏花。矮紙斜行閑作草，晴窗細乳戲分茶。素衣莫起風塵嘆，猶及清明可到家。

從前詩詞常見的窠臼之一，是歎老嗟悲自憐自傷，這是連詩聖杜甫都難以避免的窠臼（但杜甫往往會用上一聯或下一聯去「救」，而產生另一種曲折變化的趣味），陸游是唐宋以來詩歌創作數量名列前茅的作者（九千多首），然而他自少至老的作品，無論清新圓潤，平淡沉雄，皆未曾落此窠臼。

【名家例句】

「一春能有幾番晴」是真的；「小樓一夜聽春雨」其實沒有什麼好聽，單調得很，遠不及你們都會裡的無線電的花樣繁多呢。（豐子愷〈春〉）

三分春色二分愁，更一分風雨

這是北宋詩人葉清臣的名句，而且通常會聯想到蘇軾著名的楊花詞，「春色三分，二分塵土，一分流水」。看來蘇軾很喜歡葉清臣這名句，除了詠楊花之外，後來又在一首〈臨江仙〉裡，以「三分春色一分愁」詠暮春情景，打開後來詞人種種以「三分」寫似水流年的風氣。其實在葉清臣之前，詩歌裡「三分」一詞流傳已久，然而用在詞裡，用來形容節候光景，更為柔媚的光景增色，也寫出了賞花人流連難捨的情懷，更適合於詞這種文體，這是舊辭彙在創新的用法之下，表現效果更加成功的典型。

【詩詞與作者】

出自葉清臣〈賀盛朝〉（留別）：

滿斟綠醑留君住。莫匆匆歸去。三分春色二分愁，更一分風雨。花開花謝、都來幾許。且高歌休訴。不知來歲牡丹時，再相逢何處。

葉清臣是北宋名臣，也是書法名家，但是詞作只完整流傳下來一首，不過就這一首，也就令人難忘了，其中這段「三分春色二分愁，更一分風雨」，是連蘇軾也為之傾倒的佳句，一連化用兩次，使得葉清臣唯一著錄完整的這首詞，因此流傳廣遠。

【名家例句】

春將半了，但它並沒有給我們一點舒服，只教我們天天愁寒，愁暖，愁風，愁雨。正是「三分春色二分愁，更一分風雨！」（豐子愷〈春〉）

紅杏枝頭春意鬧

當詩歌講究凝鍊生動的用字遣詞的工夫，也引進到詞的時候，詞人們開始在低吟淺唱、以整體音聲流暢圓潤為重的詞體中，留意到一些個別的、獨特的文字產生的表現效果，宋人後來把這些詞句中令人驚艷的文字，稱作「警策」。「紅杏枝頭春意鬧」，便是在宋初正當興盛的詞壇，曾引起詞人注目和稱賞的一首作品，本來是一篇常見的吟詠春景之作，「鬧」字一出，整個詞境都活潑、生動了起來。

【詩詞與作者】

出自宋祁〈玉樓春〉（春景）：

東城漸覺風光好。縠皺波紋迎客棹。綠楊煙外曉寒輕，紅杏枝頭春意鬧。浮生長恨歡娛少。肯愛千金輕一笑。為君持酒勸斜陽，且向花間留晚照。

宋祁，字子京，北宋安陸（今屬湖北）人。由於這首詞的關係，據說宋祁在當時有個稱號叫「紅杏枝頭春意鬧」尚書，可見其影響。

【名家例句】

春的景象，只有乍寒、乍暖、忽晴、忽雨是實際而明確的。此外雖有春的美景，但都隱約模糊，要仔細探尋，才可依稀彷彿地見到，這就是所謂「尋春」罷？……有的說「紅杏枝頭春意鬧」，但這種景象在我們這枯寂的鄉村里都不易見到。即使見到了，肉眼也不易認識。總之，春所帶來的美，少而隱；春所帶來的不快，多而確。詩人詞客似乎也承認這一點，春寒、春困、春愁、春怨，不是詩詞中的常談麼？（豐子愷〈春〉）

❖乍暖還寒時候，最難將息

在連用十四個疊字形容而營造出淒清寂寞的氛圍之後，「乍暖還寒時候，最難將息」，點出了這個乍暖乍寒的季節，無所依傍的心緒。

【詩詞與作者】

出自李清照詞〈聲聲慢〉：

尋尋覓覓，冷冷清清，悽悽慘慘戚戚。乍暖還寒時候，最難將息。三盃兩盞淡酒，怎敵他、晚來風急。雁過也，正傷心，卻是舊時相識。滿地黃花堆積。憔悴損，如今有誰堪摘。守著窗兒，獨自怎生得黑。梧桐更兼細雨，到黃昏、點點滴滴。這次第，怎一個、愁字了得。

【名家例句】

可知春徒美其名，在實際生活上是很不愉快的。實際，一年中最愉快的時節，是從暮春開始的。就氣候上說，暮春以前雖然大體逐漸由寒向暖，但變化多端，始終是乍寒乍暖，最難將息的時候。（豐子愷〈春〉）

❖杜宇一聲春去，樹頭無數青山

「杜宇」，也就是杜鵑，花鳥同名，是傳統詩詞中最富有悲悽色彩的自然景物之一。杜鵑鳥，又叫作子規，也是傳統農家所稱的布穀鳥。杜鵑鳥從三月春分開始啼叫，剛好是百花皆已開遍而進入暮春時節。暮春時節，在古典詩人特別偏愛春秋兩季的傳統下（曾有日本學者統計，中國古典詩詞中，詠春秋兩季的，約佔四分之三，而冬夏兩季合起來才占四分之一），更是惋惜嘆息春日將盡之時，而這時迷離的杜鵑啼聲，更增添許多惆悵之情。

【詩詞與作者】

出自元好問〈清平樂〉：

離腸婉轉。瘦覺妝痕淺。飛去飛來雙語燕。消息知郎近遠。樓前小語珊珊。海棠簾幕輕寒。杜宇一聲春去，樹頭無數青山。

元好問是金代詩詞文成就最高的作家，才學淵博，然而他所作的詞，卻是詞家本色，不帶學問家的習氣，清新自然，含蘊動人的情感。

【名家例句】

就景色上說，春色不須尋找，有廣大的綠野青山，慰人心目。古人詞云：「杜宇一聲春去，樹頭無數青山。」原來山要到春去的時候方才全青，而惹人注目。我覺得自然景色中，青草與白雪是最偉大的現象。（豐子愷〈春〉）

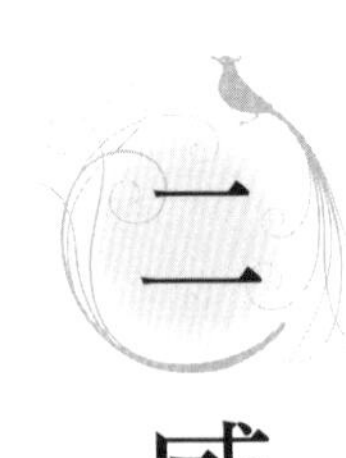

二、感「情」

1 故園情

❖此夜曲中聞折柳，何人不起故園情

「折柳」，即西域傳來之胡樂「折楊柳」，後衍為樂府曲名，南朝以來，其詞多為傷春惜別，唐人尤多懷念征人之作。

【詩詞與作者】

出自李白〈春夜洛城聞笛〉：

誰家玉笛暗飛聲，散入春風滿洛城。此夜曲中聞折柳，何人不起故園情。

何當共剪西窗燭，卻話巴山夜雨時

這又是李商隱一首情致深遠的絕句，這首詩也給後世詩人創造出「剪燭夜雨」、「剪燭西窗」等情感意象，其後，輾轉相隨，有韋應物「寧知風雨夜，復此對床眠」，有蘇軾與蘇轍兄弟諸多「對床夜雨」的詩句，李清照有「明窗小酌，暗燈清話」的佳句，其後，詩人詩話常出現這類的知心夜談的意象，其源可追溯到李商隱此詩。

【詩詞與作者】

出自李商隱〈夜雨寄北〉：

【名家例句】

周哲文在國外時，總是十分關懷居留外國的僑胞，敦勸他們回國看看。他在美國時，有一個從臺灣來的人，請他刻「張爰之印」和「大千居士」兩顆印章，要帶回臺灣送給大千老人。他沉吟片晌，在兩顆印邊，刻上了李白的《春夜洛城聞笛》：「誰家玉笛暗飛聲，散入春風滿洛城。此夜曲中聞《折柳》，何人不起故園情？」和李商隱的《夜雨寄北》：「君問歸期未有期，巴山夜雨漲秋池。何當共剪西窗燭，卻話巴山夜雨時。」（冰心《冰心作品第七卷》）

君問歸期未有期，巴山夜雨漲秋池。何當共剪西窗燭，卻話巴山夜雨時。

李商隱生於唐代牛李兩黨傾軋最烈的時期，李商隱早年受牛黨令狐楚知遇，後又與李黨為姻親屬吏，一生陷入黨爭糾紛，飽受排擠謗誹。他晚唐著名詩人，詩風細密工麗，寄託深微，又好用典故。儘管詩中充滿朦朧縹渺的情感蘊含，並無定解，但從不乏愛好者與摹習者。

可憐汾上柳，相見也依依

曾經暫時居住過的地方，連景物也格外有情；今朝再相見，汾橋邊的柳條依依，竟似有眷戀不捨的情誼。

【詩詞與作者】

出自岑參〈題平陽郡汾橋邊柳樹〉：

此地曾居住，今來宛似歸。可憐汾上柳，相見也依依。

【名家例句】

前天又為了不得已之故，重到舊地。詩人在這當兒一定可以吟幾句。我也想學學看，但覺心緒繚亂，氣結不能言，遑論做詩？只是那迎人的柳樹使我憶起了從前在不知什麼書上讀過的一首古人詩：「此地曾居住。今年宛如歸。可憐汶上柳。相見也依依。」這二十個字在我心中通過，心緒似被整理，氣也通暢得多了。（豐子愷〈舊地重遊〉）

每依北斗望京華

杜甫這首詩作於晚年客居四川的時候，是憶念故國，感時傷世的〈秋興八首〉之二。此句句義平白如話，意謂：向著〈永恆之〉北斗方向，遙望〈繁華已逝的故國都城〉長安。然而將其疊合著首句「夔府孤城落日斜」，更有層層渲染而深化的哀思。謂夔府日落孤城，已是落寞，而人在此地，遙望不變的北斗方向，故國之心恆在，而其風華卻早已煙逝，只在這落寞的心中永遠盤繞著……

【詩詞與作者】

出自杜甫〈秋興八首〉之二：

夔府孤城落日斜，每依北斗望京華。聽猿實下三聲淚，奉使虛隨八月查。畫省香爐違伏枕，山樓粉堞隱悲笳。請看石上藤蘿月，已映洲前蘆荻花。

杜甫晚年客居四川，這時期的詩歌，無論格律、詞藻，被認為技巧已達到爐火純青的境界，而賦名〈秋興〉的八首詩歌，甚至被視為其七律詩歌（杜甫不僅為「詩聖」，又是詩歌中「律詩」一體之「律聖」）之首，是一生心神結聚之作。這八首詩歌，章法條貫，迭相呼應，宛如一篇完整的大文章，以首章發端，而後承轉、互發、遙應、收合，而皆以「故園心」（故國之思）為其情感核心。

【名家例句】

我當年在患難中，最懷念的當然是我的故鄉和故鄉的家人師友。不過當時的大陸既已經是竹幕深垂，臺灣也已經是戒嚴封鎖，當我在臺灣大學擔任《詩選》與《杜甫詩》等課程時，每當我講到杜甫〈秋興八首〉中「每依北斗望京華」的詩句時，總會眼中湧滿淚水，以為我在有生之年是再也無法回到我的故鄉了。（葉嘉瑩〈物緣有盡，心誼長存〉）

❖劉郎已恨蓬山遠，更隔蓬山一萬重。

劉郎的典故，兼用漢武帝求仙故事及劉義慶《幽明錄》所載劉晨阮肇故事。劉晨阮肇故事說東漢永平時，二人入天台山採藥迷路，遇二仙女，被邀至仙洞，半載後返故里，子孫已七世。後重入天台訪女，蹤跡杳然。

此二句以兩劉郎故事自況，謂劉郎已恨仙凡路隔，蓬山縹渺；更哪堪自己的相思更是遠隔萬重蓬山，此生難期。

【作者與詩詞】

出自李商隱〈無題〉四首之一：

來是空言去絕蹤，月斜樓上五更鐘。夢為遠別啼難喚，書被催成墨未濃。蠟照半籠金翡翠，麝熏微度繡芙蓉。劉郎已恨蓬山遠，更隔蓬山一萬重。

李商隱是晚唐著名詩人，詩風細密工麗，寄託深微，又好用典故。宋初楊大年、錢惟演等詩人好學義山詩，其創作稱為「西崑體」，「西崑體」的詩風，正是效法李商隱這類的詩歌風格。儘管義山詩充滿朦朧縹渺的情感含蘊而無有定解，然而歷來從不乏愛好者與摹習者，甚至許多詩家推崇義山詩之極致正在此等迷離惝恍而富含深情遠意之境界。

【名家例句】

江北江南，正是小春的時候。況且世界又是大同，東洋車，牛車，馬車上，一閃一閃的在微風裏飄盪的，都是些除五色旗外的世界各國的旗子，天色蒼蒼，又高又遠，不但我們大家酣歌笑舞的聲音，達不到天聽，就是我們的哀號狂泣，也和耶和華的耳朵，隔著蓬山幾千萬疊。生逢這樣的太平盛世，依理我也應該向長安的落日，遙進一杯祝頌南山的壽酒，但不曉怎麼的，我自昨天以來，明鏡似的心裡，又忽而起了一層翳障。（郁達夫〈小春天氣〉）

紅了櫻桃，綠了芭蕉

歲月流轉，又到了季節轉換的時候，櫻桃紅，芭蕉綠，應是暮春已盡，初夏將至了。

【作者與詩詞】

出自蔣捷〈一翦梅〉（舟過吳江）：

一片春愁待酒澆。江上舟搖。樓上帘招。秋娘度與泰娘嬌。風又飄飄。雨又蕭蕭。何日歸家洗客袍。銀字笙調。心字香燒。流光容易把人拋。紅了櫻桃。綠了芭蕉。

蔣捷，字勝欲，自號竹山。宋代義興（江蘇宜興）人，生卒年不詳。蔣捷為詞壇所謂「宋末四大家」（張炎、王沂孫、周密、蔣捷）之一，詞采洗煉，語感清新，被詞家認為是值得效法的規範。

【名家例句】

夏天，紅了櫻桃，綠了芭蕉，在堂前作成強烈的對比，向人暗示「無常」的幻相。葡萄棚上的新葉，把室中人物映成綠色的統調，添上一種畫意。垂簾外時見參差人影，鞦韆架上時聞笑語。門外剛挑過一擔「新市水蜜桃」，又來了一擔「桐鄉醉李」。喊一聲「開西瓜了」，忽然從樓上樓下引出許多兒

弟姊妹。傍晚來一位客人，芭蕉蔭下立刻擺起小酌的座位。這暢適的生活也使我難忘。（豐子愷〈辭緣緣堂〉）

2 故人情

明日隔山岳，世事兩茫茫

唉，過了今天，明日我們又要相隔天涯，誰能預期茫茫世事又將如何呢？

【詩詞與作者】

出自杜甫〈贈衛八處士〉：

人生不相見，動如參與商。今夕復何夕，共此燈燭光。少壯能幾時，鬢髮各已蒼。訪舊半為鬼，驚呼熱中腸。焉知二十載，重上君子堂。昔別君未婚，兒女忽成行。怡然敬父執，問我來何方。問答乃未已，兒女羅酒漿。夜雨翦春韭，新炊間黃粱。主稱會面難，一舉累十觴。十觴亦不醉，感子故意長。明日隔山岳，世事兩茫茫。

【名家例句】

老梁卻一把把酒瓶奪了過去，滿滿地斟了一杯，一仰脖就乾了，又滿滿地給自己斟了一杯，還替我和妻斟了半杯。他一邊用手背抹了抹嘴唇，一面大聲念：感子故意長，明日隔山岳，世事兩茫茫。念完，他哈哈大笑了起來，一仰脖又把第二杯酒喝乾了，這時他滿臉通紅，額上的汗都流到了耳邊。（冰心《冰心作品第七卷》）

昨夜宜於到湖邊步月，今夜宜於在燈前和老友共飲。「夜雨剪春韭」，多麼動人的詩句！可惜我沒有家園，不曾種韭。即使我有園種韭，這晚上也不想去剪來和CT下酒。因為實際的韭菜，遠不及詩中的韭菜的好吃。照詩句實行，是多麼愚笨的事呀！（豐子愷〈湖畔夜飲〉）

死別已吞聲，生別常惻惻

此詩是杜甫在李白因永王李璘事件被流放於夜郎之後，抒寫對於故人的想念，詩篇開頭就是對於李白流放之後生死未卜的掛念：故人入我夢中，不知是生是死，若是死別，則只有飲泣吞聲，若你還在世上，為何毫無消息而教人心中悽惻不安。

【詩詞與作者】

出自杜甫〈夢李白〉：

死別已吞聲，生別常惻惻。江南瘴癘地，逐客無消息。故人入我夢，明我長相憶。恐非平生魂，路遠不可測。魂來楓葉青，魂返關塞黑。君今在羅網，何以有羽翼。落月滿屋梁，猶疑照顏色。水深波浪闊，無使蛟龍得。

【名家例句】

李白，杜甫，都是有名的詩人，同時兩人也是很好的朋友。杜甫有《夢李白》的詩：「死別已吞聲，生別常惻惻，千秋萬歲名，寂寞身後事。」他說對於「死別」流淚，對於「生別」更常傷心。（冰心《冰心作品第二卷》）

抽刀斷水水更流，舉杯銷愁愁更愁

人生種種情懷的連綿與紛亂，就像流水一般，縱有無厚之刀，也無法截斷眾流；想要藉酒解憂，酒入愁腸，卻添得愁緒更加深濃。不過在以下的範例中，冰心轉換了詩句本來形容人生憂煩不斷的意思，而用以形容情誼無法也不能割捨的狀況。

【詩詞與作者】

出自李白〈宣州謝朓樓餞別校書叔雲〉：

棄我去者昨日之日不可留，亂我心者今日之日多煩憂。長風萬里送秋雁，對此可以酣高樓。蓬萊文章建安骨，中間小謝又清發。俱懷逸興壯思飛，欲上青天覽日月。抽刀斷水水更流，舉杯銷愁愁更愁。人生在世不稱意，明朝散髮弄扁舟。

【名家例句】

日本著名評論家白石凡先生，在去冬離開中國前夕的餞別會上，就引用了李白的《宣州謝朓樓餞別

校書叔雲》一詩中的「抽刀斷水水更流」之句，來比擬中日人民的、任何外力所不能割斷的友誼。（冰心《冰心作品第五卷》）

※冠蓋滿京華，斯人獨憔悴

京城中到處都是飛黃騰達的顯貴，為何你這樣超逸不俗的才子卻反而困頓至此。

【詩詞與作者】

出自杜甫〈夢李白〉二首之二：

浮雲終日行，遊子久不至。三夜頻夢君，情親見君意。告歸常局促，苦道來不易。江湖多風波，舟楫恐失墜。出門騷白首，若負平生志。冠蓋滿京華，斯人獨憔悴。孰云網恢恢，將老身反累。千秋萬歲名，寂寞身後事。

【名家例句】

在屋裏走了幾轉，仍舊坐下。穎貞也想不出什麼安慰的話來，坐了半天，便默默的出來，心中非常的難過，祇得自己在屋裏彈琴散悶。等到黃昏，還不見他們出來，便悄悄的走到他們院裏，從窗外往裏看時，穎石蒙著頭，在床上躺著，想是睡著了。穎銘斜倚在一張藤椅上，手裏拿著一本唐詩，心不在焉的祇管往下吟哦。到了「出門搔白首，若負平生志，冠蓋滿京華，斯人獨憔悴。」似乎有了感觸，便來回的念了幾遍。（冰心《冰心作品第一卷》）

十年離亂後，長大一相逢。問姓驚初見，稱名憶舊容

這首詩句很生動地寫出了，歷經離亂，久未謀面的親友，一朝相見，彼此由萍水相逢的陌生、到互問名姓的驚奇、繼而滿懷情感地逐漸回憶起往日容顏。一步步親切平實的情貌，讀之宛在眼前。

【詩詞與作者】

出自李益〈喜見外弟又言別〉：

十年離亂後，長大一相逢。問姓驚初見，稱名憶舊容。別來滄海事，語罷暮天鐘。明日巴陵道，秋山又幾重。

李益，唐代隴西人，是中唐著名的詩人。

所謂伊人，在水一方

晨光熹微，水邊繁茂的蒹葭上，露珠結成了白霜，那所想念的人，遠在河水的那一邊。

【詩詞與作者】

出自《詩經・秦風・蒹葭》：

蒹葭蒼蒼，白露為霜，所謂伊人，在水一方，溯洄從之，道阻且長，溯游從之，宛在水中央。蒹葭淒淒，白露未晞。所謂伊人，在水之湄。溯洄從之，道阻且躋；溯游從之，宛在水中坻。蒹葭采采，白露未已，所謂伊人，在水之涘。溯洄從之，道阻且右，溯游從之，宛在水中沚。

這首《秦風・蒹葭》，是《詩經》當中常被

文人提及以及評價最高的詩篇之一。一方面是格調高遠而情味雋永，已超出國風當中民歌的色彩，而更富含委婉含蓄、甚至隱士幽懷的氣質；然而又尚未染上後代文人詩歌之刻意詞采，而保有一唱三歎，餘韻無窮的天然情致。

【名家例句】

在臺灣，我有許多的朋友和同學，多年隔絕，想望已深，每逢讀到《詩經．蒹葭》文章，就是：「蒹葭蒼蒼，白露為霜，所謂伊人，在水一方，溯洄從之，道阻且長，溯游從之，宛在水中央」這幾句，我往往一唱三嘆，不能自已！現在，通往臺灣這個在「水中央」的祖國寶島的道路，已不是道阻且長，而我的「所謂伊人」的朋友們，也不是可望而不可即的了！（冰心《冰心作品第七卷》）

3 親情

❖誰言寸草心，報得三春暉。

領受著慈母春光一般的深恩，子女小草一般的孝思，又豈有報答之時呢？

【詩詞與作者】

出自孟郊〈遊子吟〉：

慈母手中線，遊子身上衣。臨行密密縫，意恐遲遲歸。誰言寸草心，報得三春暉。

孟郊是個苦吟詩人，詩風僻苦奇澀，與韓愈為忘年之交，韓愈相當推崇孟郊詩歌，認為他能洞觀古今，逐幽象外（搜求富含深刻幽思的意象語言）。蘇軾講「郊寒島瘦」，指的便是兩位苦吟詩人的風格：孟郊寒愴而賈島瘦弱。這些刻意在文字上經營鍛鍊的詩人，和韓愈一同打開了中唐詩歌重視「表現」效果的風氣，而其中也產生不少文字平易而情感幽深樸實的佳作。如這首〈遊子吟〉便是後世經常傳誦的一首情感真摯而平易近人的詩歌。

【名家例句】

晚上呢，姑媽家的老阿姨會給她做出種種在國外永遠也吃不到的好菜。沒有客人的時候，姑媽又和她談著許許多多她小時候的故事，然後把她送上床，蓋上毛巾被，在她臉上親一下，輕輕地掩上門出去。這時她總想起母親，想起：誰言寸草心，報得三春暉。（冰心《冰心作品第七卷》）

海內風塵諸弟隔，天涯涕淚一身遙

國家多難，征調頻繁，遙望天涯不見親人，只見處處是烽火煙塵，想起分隔各方的骨肉弟兄，不禁涕淚滿襟。

【詩詞與作者】

出自杜甫〈野望〉：

西山白雪三城戍，南浦清江萬里橋。海內風塵諸弟隔，天涯涕淚一身遙。唯將遲暮供多病，未有涓埃答聖朝。跨馬出郊時極目，不堪人事日蕭條。

【名家例句】

時至今日，我頗悔恨，因為不到一個月，蘆溝橋事變起，我們都星散了。父親死去，弟弟們天南地北，「**海內風塵諸弟隔，天涯涕淚一身遙**」是我常誦的句子，而他們的集合相片，我竟沒有一張！（冰心《冰心作品第三卷》）

明月幾時有，把酒問青天

初唐張若虛〈春江花月夜〉有名句：「江上何人初見月，江月何年初照人」，李白也有〈把酒問月〉詩云：「青天有月來幾時，我今停杯一問之」，蘇軾此詞句應是脫胎於此，由時節思及天上明月之永恆，對照佳節思親，人事之不能常如人意，而藉「明月幾時有」引出。

【詩詞與作者】

出自蘇軾詞〈水調歌頭〉：

明月幾時有，把酒問青天。不知天上宮闕，今夕是何年。我欲乘風歸去，又恐瓊樓玉宇，高處不勝寒。起舞弄清影，何似在人間。轉朱閣，低綺戶，照無眠。不應有恨，何事長向別時圓。人有悲歡離合，月有陰晴圓缺，此事古難全。但願人長久，千里共嬋娟。

【名家例句】

她喝了一口茶，又仰起頭去望天。鴿子飛得高高的。藍天裏祇出現了十幾個白點。兩三堆灰白雲橫著像遠山。她小聲地念道：明月幾時有，把酒問青天。她祇念了兩句，又舉杯把茶喝盡，然後將茶杯遞還給綺霞。她走過蕙的身邊，溫柔地看了看蕙，她的臉上露出微笑，說道：「我贊成三表妹的話。我們固然比不上他們男子家。然而我們也是一個人。為什麼就單單該我們女子受苦？」（巴金《春》）

幼為長所育，兩別泣不休。對此結中腸，義往難復留

自幼讓長輩撫養長大的女孩子，而今要出嫁了，女大當嫁，固然不能相留，然而，面對離別，還是令人止不住愁腸百結，泣下不休。

【詩詞與作者】

韋應物〈送楊氏女〉：

……幼為長所育，兩別泣不休。對此結中腸，義往難復留。自小闕內訓，事姑貽我憂。賴茲託令門，仁恤庶無尤。貧儉誠所尚，資從豈待周。……

韋應物和柳宗元並為中唐重要的自然詩人，詩風高雅閒澹，世稱「韋蘇州」。韋應物詩常效習陶淵明，有濃厚的自然田園氣息、高潔安適的風格，因此在宋代陶詩蔚為顯學之後，韋應物又常與柳宗元被宋人拿來與陶淵明並比，而有「韋柳」之稱。

【名家例句】

現在，你已做中學生，不久就要完全脫離黃金時代而走向成人的世間去了。我覺得你此行比出嫁更重大。古人送女兒出嫁詩云：「幼為長所育，兩別泣不休。對此結中腸，義往難復留。」你出黃金時代的「義往」，實比出嫁更「難復留」，我對此安得不「結中腸」？所以現在追述我的所感，寫這篇文章來送你。（豐子愷〈送阿寶出黃金時代〉）

樂莫樂兮新相知

〈九歌〉，據傳是屈原放逐於沅、湘之間，見當地祀神歌舞儀式，有感而作，其中充滿異於中原文化的山川自然的信仰，以及神靈巫覡之禮樂儀式的浪漫色彩。這首〈少司命〉便是其中一首充滿浪漫色彩的篇章。「少司命」與「大司命」均為掌管命運之神祇，「大司命」主人命壽夭，氣氛莊嚴而隆重；「少司命」主子嗣，充滿「生」之芳馨美好，「悲莫悲兮生別離，樂莫樂兮新相知」，更透過神巫戀曲，寫下了千古情詩名句。

【作者與詩詞】

出自屈原《九歌・少司命》：

秋蘭兮蘼蕪，羅生兮堂下。綠葉兮素華，芳菲菲兮襲予。夫人自有兮美子，蓀何以兮愁苦？秋蘭兮青青，綠葉兮紫莖。滿堂兮美人，忽獨與餘兮目成。入不言兮出不辭，乘回風兮載雲旗。悲莫悲兮生別離，樂莫樂兮新相知。荷衣兮蕙帶，儵而來兮忽而逝。夕宿兮帝郊，君誰須兮雲之際？與女沐兮咸池，晞女髮兮陽之阿。望美人兮未來，臨風怳兮浩歌。孔蓋兮翠旍，登九天兮撫彗星。竦長劍兮擁幼艾，蓀獨宜兮為民正。

【名家例句】

古人謂「父母之年不可不知也，一則以喜，一則以懼。」我現在反行了古人的話，在送你出黃金時代的時候，也覺得悲喜交集。所喜者，近年來你的態度行為的變化，都是你將由孩子變成成人的表示。我的辛苦和你母親的劬勞似乎有了成績，私心慶慰。所悲者，你的黃金時代快要度盡，現實漸漸暴露，你將停止你的美麗的夢，而開始生活的奮鬥了，我們彷彿喪失了一個從小依傍在身邊的孩子，而另得了一個新交的知友。「樂莫樂兮新相知」；然而舊日天真爛漫的阿寶，從此永遠不得再見了！（豐子愷〈送阿寶出黃金時代〉）

❖我見青山多嫵媚，料青山見我應如是

李白曾說：「相看兩不厭，唯有敬亭山。」喜歡用典和掉書袋的辛棄疾把這句話翻用得更親切有味。李詩瀟灑，而辛詞深情，前者是好為天下游的李白在獨對山林時清曠的心境，後者則對映著此詞的下闋，有以物擬人的意趣，更有餘韻。

【作者與詩詞】

出自辛棄疾詞〈賀新郎〉：

甚矣吾衰矣。悵平生、交游零落，只今餘幾。白髮空垂三千丈，一笑人間萬事。問何物、能令公喜。我見青山多嫵媚，料青山見我應如是。情與貌，略相似。一尊搔首東窗裡。想淵明、停雲詩就，此時風味。江左沈酣求名者，豈識濁醪妙理。回首叫、雲飛風起。不恨古人吾不見，恨古人、不見吾狂耳。知我者，二三子。

【名家例句】

我遺傳給她的基因大致良好，部分還該算甚佳，例如毅力堅韌、宅心仁厚、開朗樂觀等等等等。五官如模印我，這雖不便太過自誇，但應有一定公論；煩請留意，我只是老來才不太好看。我今見她多順眼，料母親當年見我亦如是。我近幾年較少出門嚇人，就是要儘量在家陪伴她成長。自她入幼稚園起，我就不斷敘述她阿媽阿公的生前諸事、故鄉新營諸事、舊年代諸事，當床邊故事說，就中順帶一些小小人間義理；她是新新世代，我認為教導使學習老好教養有助人格健全均衡發展。這極重要，是「獨門方法」，兼是我對她的最大期待。（阿盛〈阿盛老師：靈感來時要抓住〉）

去日兒童皆長大，昔年親友半凋零

與親友闊別多年後，再次相見，談起了故舊情狀，令人不勝唏噓感慨。

【作者與詩詞】

竇叔向〈夏夜宿表兄話舊〉：

夜合花開香滿庭，夜深微雨醉初醒。遠書珍重何曾達，舊事淒涼不可聽。去日兒童皆長大，昔年親友半凋零。明朝又是孤舟別，愁見河橋酒幔青。

竇叔向，字遺直，唐代京兆（今陝西扶風）人，約唐代宗大曆四年（七六九）前後在世。

【名家例句】

古人詩云：「去日兒童皆長大，昔年親友半凋零。」這兩句確切地寫出了中年人的心境的虛空與寂寥。前天我翻閱自己的畫冊時，陳寶（就是阿寶，就是做媒人的寶姐姐）、寧馨（就是做新娘子的軟軟）、華瞻（就是做新官人的瞻瞻）都從學校放寒假回家，站在我身邊同看。看到「瞻瞻新官人，軟軟新娘子，寶姐姐做媒人」的一幅，大家不自然起來。寧馨和華瞻臉上現出忸怩的笑，寶姐姐也表示決不肯再做媒人了。他們好比已經換了另一班人，不復是昔日的阿寶、軟軟和瞻瞻了。昔日我在上海的小家庭中所觀察欣賞而描寫的那群天真爛漫的孩子，現在早已不在人間了！（豐子愷〈談自己的畫〉）

4 相思

❖情人怨遙夜，竟夕起相思

當明月升起，天涯萬里都能共賞這一輪明月，唯有分隔兩地的有情人，漫漫長夜，哪堪無盡的相思之苦。

【詩詞與作者】

出自張九齡〈望月懷遠〉：

海上生明月，天涯共此時。情人怨遙夜，竟夕起相思。滅燭憐光滿，披衣覺露滋。不堪盈手贈，還寢夢佳期。

張九齡，字子壽，唐韶州人，生於高宗儀鳳三年，卒於玄宗開元二十八年。張九齡較著名的詩作有〈感遇詩〉等，而這首〈望月懷遠〉也是他膾炙人口的作品之一。

❖願君多采擷，此物最相思

此詩借物言情，以紅豆寄託相思之意。

【詩詞與作者】

出自王維〈相思〉：

紅豆生南國，秋來發幾枝。願君多采擷，此物最相思。

王維早年才氣洋溢，七言歌行相當傑出，其中有不少邊塞詩歌。然而一生之代表作為自然詩，兼有田園山水之美，淡遠閒靜，如入畫境，這類詩歌，以五言絕句和律詩為主。此外，王維早年亦有不少借物言情的輕倩之作，如此首〈相思〉。

❖直道相思了無益，未妨惆悵是清狂

相思無益，與其思念牽掛癡想不已，不如就懷抱著這悵惘情懷自我消解，就算未能超脫，也自有疏狂的意態吧！

【詩詞與作者】

出自李商隱〈無題〉二首之二：

重帷深下莫愁堂，臥後清宵細細長。神女生涯原是夢，小姑居處本無郎。風波不信菱枝弱，月露誰教桂葉香。直道相思了無益，未妨惆悵是清狂。

不因無益廢相思

縱使執著相思是無用的，然而我心中卻仍有許多牽掛終不因此而棄置不言。

梁啟超在民國十四年七月十日家書中填了一首〈浣溪紗〉詞，詞後自注：「李義山詩：『直道相思了無益』。」這是擺明了和李商隱抬槓，李商隱說「直道相思了無益，未妨惆悵是清狂」，不要教無解的相思愁損，而寧可以清狂意態自我解消。梁任公倒是多情而率性，寧可執著相思。

【詩詞與作者】

出自梁啟超〈浣溪紗〉詞：

乍有官蛙鬧曲池，更堪鳴砌露蛩悲！隔林辜負月如眉。坐久漏簽催倦夜，歸來長簟夢佳期。不因無益廢相思。

【名家例句】

覺得在孤寂的宿舍屋裏，念不下書了，我就披上大衣，走下樓去，想到圖書館人多的地方，不料在樓外的雪地上卻看見滿地上都寫著「相思」兩字！結果，我在圖書館裏也沒念成書，卻寫出了這一首詩。但除了對我的導師外，別的人都沒有看過，包括文藻在內！「相思」兩字在中國，尤其在詩詞裏是常見的字眼。唐詩中的「情人怨遙夜，竟夕起相思」，唐代的李商隱無可奈何地說「直道相思了無益」，清代的梁任公先生卻執拗地說「不因無益廢相思」。此外還有「願君多采擷，此物最相思」，寫不完、道不盡的相思詩句……（冰心《冰心作品第八卷》）

鴛鴦瓦冷霜華重，翡翠衾寒誰與共

宮殿上鋪著的鴛鴦瓦凝結了白霜，珍貴的翡翠被衾在孤單的夜裡卻怎麼也溫暖不起來。

【詩詞與作者】

出自白居易〈長恨歌〉：

……歸來池苑皆依舊，太液芙蓉未央柳。芙蓉如面柳如眉，對此如何不淚垂。春風桃李花開日，秋雨梧桐葉落時。西宮南內多秋草，落葉滿階紅不掃。梨園弟子白髮新，椒房阿監青娥老。夕殿螢飛思悄然，孤燈挑盡未成眠。遲遲鐘鼓初長夜，耿耿星河欲曙天。鴛鴦瓦冷霜華重，翡翠衾寒誰與共。……

【名家例句】

當時的軍官家屬，會親筆寫信的不多，母親的信總會引起父親同伴的特別注意。有一次母親信中提到「天氣」的時候，引用了民間諺語：「白露秋分夜，一夜冷一夜」大家看了就哄笑著逗著父親說：「你的夫人想你了，這分明是『鴛鴦瓦冷霜華重，翡翠衾寒誰與共』的意思！」父親也衹好紅著臉把信搶了回去。（冰心《冰心作品第七卷》）

春蠶到死絲方盡，蠟炬成灰淚始乾

這是李商隱描寫相思之情的名句，以春蠶吐絲、蠟炬成灰比喻感情的自我作繭和執迷不休。這類比喻也是李商隱詩歌特有的魅力，開啟後來詩歌有一類專以「無題」為名，而多半是與深曲難言的情感有關的特殊題材與風格。

【詩詞與作者】

出自李商隱〈無題〉：

相見時難別亦難，東風無力百花殘。春蠶到死絲方盡，蠟炬成灰淚始乾。曉鏡但愁雲鬢改，夜吟應覺月光寒。蓬山此去無多路，青鳥殷勤為探看。

李商隱詩歌有綺麗，有高古，有哀感纏綿之作，也有如杜詩一般思深緒遠，足以包容一代史識之鉅作，其用典，無論深淺，皆能自成獨特的美感，為晚唐一大寫手。後人愛好其詩歌之餘，往往慨嘆其詩用典太過，致晦澀難解。義山集中「無題」一體，也是李商隱特殊而引人注目的創作。

【名家例句】

他一面含糊地回答楊嫂，一面看書簽。那是蕙親手做的，在白綾底子上面畫著一支插在燭台裏的紅燭，燭台上已經落了一灘燭油，旁邊題著一句詩：「蠟炬成灰淚始乾。」覺新意外地發見這樣的詩句，心裡很激動。他偷偷地看了楊嫂一眼，楊嫂的面容並沒有什麼變化。他又埋下頭去看手裏的書簽。他若有所悟地念道：春蠶到死絲方盡，蠟炬成灰淚始乾。（巴金〈春〉）

5 世情

❖朱門酒肉臭，路有凍死骨

「朱門」，指豪強之家，此處以豪強之家的嗜慾橫流，與輾轉於道途凍餒而死的饑民並陳，形成強烈而突兀的對比。

【詩詞與作者】

出自杜甫〈自京赴奉先縣詠懷五百字〉：

朱門酒肉臭，路有凍死骨。榮枯咫尺異，惆悵難再述。

這首詩歌也同〈春望〉一樣，是杜甫作為一代「詩史」的代表作，民生之疾苦，知識分子的痛心，個人的遭遇，備述於其中。這一句「朱門酒肉臭，路有凍死骨」，幾乎是歷來痛斥社會不公不義最為激切，引用也最為頻繁的詩句。

【名家例句】

中國也還有詩人像杜甫、白居易之輩，他們用藝術的美描畫出吾們的憂鬱，在我們的血胤中傳殖一種人類同情的意識。杜甫生當大混亂的時代，充滿著政治的荒敗景象，土匪橫行，兵燹饑饉相續，真像我們今日，是以他感慨地寫：朱門酒肉臭，路有凍死骨。（林語堂〈人生的盛宴〉）

❖同是天涯淪落人

我們都同樣曾經在繁華的長安城看盡人間風月，而今歷經滄桑，淪落天涯，心中感慨至深，能在異地遭逢懷抱著同樣傷心的知音，縱使未曾相識，這種偶遇下的相契相惜之感，讓人嘆息再三。

【詩詞與作者】

出自白居易〈琵琶行〉：

……夜深忽夢少年事，夢啼妝淚紅闌干。我聞琵琶已歎息，又聞此語重唧唧。同是天涯淪落人，相逢何必曾相識。我從去年辭帝京，謫居臥病潯陽城……

【名家例句】

他祇記得她的身體，此外都是陌生的，一個他並不瞭解的女人，除了幾封來信，向他發出的不是求救便是哀怨，**同是天涯淪落人**，同病相憐。他愛她嗎？他以為是的。（高行健《一個人的聖經》）

❖行路難，多岐路

滿懷著不凡的理想想要一展長才，然而人間的道途處處分歧又充滿阻礙！

【詩詞與作者】

出自李白〈行路難〉：

金尊清酒斗十千，玉盤珍饈直萬錢。停杯投箸不能食，拔劍四顧心茫然。欲渡黃河冰塞川，將登太行雪暗天。閒來垂釣坐溪上，忽復乘舟夢日邊。行路難，行路難，多岐路，今安在。長風破浪會有時，直掛雲帆濟滄海。

【名家例句】

中國原有「行路難」之嘆，那是因交通不便的緣故；但在現在便利的交通之下，即老於行旅的人，也還時時發出這種嘆聲，這又為什麼呢？茶房與碼頭工人之艱於應付，我想比僅僅的交通不便，有時更顯其「難」吧！所以從前的「行路難」是唯物的；現在的卻是唯心的。這固然與社會的一般秩序及道德觀念有多少關係，不能全由當事人負責任；但當事人的「性格惡」實也占著一個重要的地位的。

（朱自清〈海外行記〉）

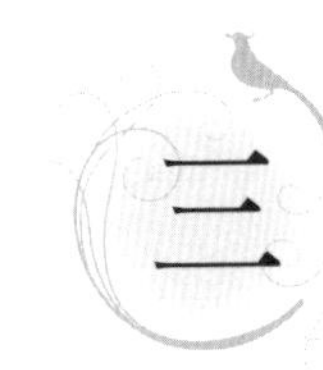

三、感「景」

1 物色動人

❖草色遙看近卻無

由於韓愈詩風向來以闊富求奇著稱，因此這首〈早春呈水部張十八員外〉就成為他少數形象清新的「小詩」之一。（白居易曾戲謔韓愈，說他「才高笑小詩」，好比喝慣烈酒醇酒的人，嚐不慣甜酒的味道。）不過這也顯示出，韓愈不愧是大家，這兩句詩句，無論景象、色調，所表現早春小雨的清新和初萌的生意，在他文字掌握的功力下，幾乎可以達到繪畫「即目」喚起生動感知的境地。

【詩詞與作者】

韓愈〈早春呈水部張十八員外〉二首之一：

天街小雨潤如酥，草色遙看近卻無。最是一年春好處，絕勝煙柳滿皇都。

韓愈是中唐詩文兼擅的重要文人，也是從中唐開始，一直到宋代，整個文化復興、詩文革新運動的領導者。韓愈在政治上雖以「排佛」著稱，然而他的為人與文章，卻能通貫六經百家，無所不到。由於他的詩文力求變化，縱橫旁通，不偏於一體，雖習染當時風氣，不免有刻意求奇之弊，然而不掩其博大豐富，如此作為一代風氣的領導者，遂令中唐之後的詩歌文章，無論內容及形式表現，均推拓出新的視野及前所未有的深刻認知。

【名家例句】

那時候我每逢早春時節，正月二月之交，看見楊柳枝的線條上掛了細珠，帶了隱隱的青色而「遙看近卻無」的時候，我心中便充滿了一種狂喜，這狂喜又立刻變成焦慮，似乎常常在說：「春來了！不要放過！趕快設法招待它，享樂它，永遠留住它。」（豐子愷〈秋〉）

晚來天欲雪，能飲一杯無

白居易詩一向文詞平易近人，然而平易之中卻情感綿密，除了〈長恨歌〉、〈琵琶行〉等長篇大作最能看出他鋪陳篇章醞釀情感的功力外，他的一般詩作也都擅於以平實的文字娓娓鋪敘細膩的情意。這首〈問劉十九〉是其中一首即景而清新的小品。詩歌本來是「問」友人，但在以下範例中，作家則將它引申為因景色有感而思及這般的情致。

【詩詞與作者】

出自白居易〈問劉十九〉：

綠螘新醅酒，紅泥小火爐。晚來天欲雪，能飲一杯無。

柴門聞犬吠，風雪夜歸人

劉長卿的山水景物，常懷蕭颯渺遠之意趣，而令人回味不已，此詩則在這等意趣之中，又微微帶有一重平實而親切的雅韻，較不似他其他詩歌那麼「清冷」。

【詩詞與作者】

出自劉長卿〈逢雪宿芙蓉山主人〉：

日暮蒼山遠，天寒白屋貧。柴門聞犬吠，風雪夜歸人。

劉長卿詩常描寫山水景物，鍛鍊精深，意境高遠，其五絕五律，往往有不下於王維之處。劉長卿詩歌高秀也善於造語，為盛唐中唐間一大名家，惟諸多詩作，風格、語意，往往略同，而未能成就大家，後世詩家以為稍有憾焉。

【名家例句】

一提到雨，也就必然的要想到雪：「晚來天欲雪，能飲一杯無？」自然是江南日暮的雪景。「寒沙梅影路，微雪酒香村」，則雪月梅的冬宵三友，會合在一道，在調戲酒姑娘了。「柴門村犬吠，風雪夜歸人」，是江南雪夜，更深人靜後的景況。「前樹深雪裏，昨夜一枝開」又到了第二天的早晨，和狗一樣喜歡弄雪的村童來報告村景了。（郁達夫〈江南的冬景〉）

❖野渡無人舟自橫

下了一天的春雨，從上游而來的澗水，水勢更加湍急，而這無人的渡口上，一葉扁舟獨自橫靠在岸邊。

【詩詞與作者】

出自韋應物〈滁州西澗〉：

獨憐幽草澗邊生，上有黃鸝深樹鳴。春潮帶雨晚來急，野渡無人舟自橫。

【名家例句】

湖水有這樣滿，仿佛要漫到我的腳下。湖在山的趾邊，山在湖的唇邊；他倆這樣親密，湖將山全吞下去了。吞的是青的，吐的是綠的，那軟軟的綠呀，綠的是一片，綠的卻不安于一片；它無端的皺起來了。如絮的微痕，界出無數片的綠；閃閃閃閃的，像好看的眼睛。湖邊系著一祇小船，四面卻沒有一個人，我聽見自己的呼吸。想起「野渡無人舟自橫」的詩，真覺物我雙忘了。（朱自清〈春暉的一月〉）

❖今宵酒醒何處，楊柳岸曉風殘月

這首〈雨霖鈴〉以「楊柳岸曉風殘月」，極具形象性地點畫出特別能代表旅人的情境，而成為膾炙人口的名句，這一段以景寫情，恰跟前一段不忍分別時的景象「念去去千里煙波，暮靄沈沈楚天闊」，形成纏綿與冷落的對照，具體而清新地描寫了天涯旅人落寞的心境。

【詩詞與作者】

出自柳永詞〈雨霖鈴〉：

寒蟬凄切。對長亭晚，驟雨初歇。都門帳飲無緒，方留戀處，蘭舟催發。執手相看淚眼，竟無語凝噎。念去去千里煙波，暮靄沈沈楚天闊。多情自古傷離別。更那堪，冷落清秋節。今宵酒醒何處，楊柳岸、曉風殘月。此去經年，應是良辰好景虛設。便縱有，千種風情，更與何人說。

柳永功名失意，個性風流不羈，而擅於填詞。柳永詞從宋代就備受庶民喜愛，當多數文人大半把「詞」放在「文」之下的一個類目來思考時，柳永則獨自走出「詞」專業專屬的風格，更善於抒情寫情，更適於歌唱，文詞明白淺易而聲律柔美婉轉。加上他善選聲律諧美的詞調而用，情辭曉暢而韻致纏綿，深受伶工與世人愛賞，所謂「有井水飲處，即能歌柳詞。」

【名家例句】

第二日清晨，覺得昨天在桐君觀前做過的殘夢正還沒有續完的時候，窗外面忽而傳來了一陣吹角的聲音。好夢雖被打破，但因這同吹筆篥似的商音哀咽，卻很含著些荒涼的古意，並且曉風殘月，楊柳岸邊，也正好候船待發，上嚴陵去；所以心裡雖懷著了些兒怨恨，但臉上卻祇觀出了一痕微笑，起來梳洗更衣，叫茶房去雇船去。（郁達夫〈釣台的春晝〉）

採蓮南塘秋，蓮花過人頭。低頭弄蓮子，蓮子青如水

秋天在南塘採蓮子，蓮花高過了人頭，低頭玩賞著手中的蓮子，蓮子像水色一般晶瑩。「採蓮」

是這類南朝情歌當中常見的主題，「蓮」字常影射「憐」，讀者可以由這些看似寫景敘事的平常句子，屆此聯想到男女心中情事的趣味。

【詩詞與作者】

出自南朝樂府民歌〈西洲曲〉：

……採蓮南塘秋，蓮花過人頭，低頭弄蓮子，蓮子青如水。置蓮懷袖中，蓮心徹底紅，憶郎郎不至，仰首望飛鴻。……

〈西洲曲〉是一首南朝時代的民歌，形式上像是由許多絕句般的小詩綴集而成，內容和許多南朝民歌一樣，詠男女戀情，特別是江南農村兒女水邊船上的生活。

【名家例句】

忽然想起採蓮的事情來了。採蓮是江南的舊俗，似乎很早就有，而六朝時為盛。從詩歌裡可以約略知道。……那是一個熱鬧的季節，也是一個風流的季節。……於是又記起《西洲曲》裡的句子：

採蓮南塘秋，蓮花過人頭。低頭弄蓮子，蓮子清如水。

今晚若有採蓮人，這兒的蓮花也算得「過人頭」了，只不見一些流水的影子，是不行的。這令我到底惦著江南了。（朱自清〈荷塘月色〉）

裊晴絲吹來閒庭院，搖漾春如線

〈驚夢〉是《牡丹亭》著名的一折，寫杜麗娘與侍女春香遊園賞玩，因情入夢的情節。「裊晴絲吹來閒庭院，搖漾春如線」，是其中「步步嬌」一曲的曲文，說的是：杜麗娘年方十六，出身名門，長居深閨，一日與侍女春香遊園消遣，見韶光正好，百花開遍，正自打扮停當，不免對鏡自憐。此句中所以「搖漾春如線」，正如同「風乍起，吹縐一池春水」一般，既是寫景，也是描述易感的春情。

【詩詞與作者】

出自湯顯祖《牡丹亭》第十齣〈驚夢〉「步步嬌」一曲：

裊晴絲吹來閒庭院，搖漾春如線。停半晌，整花鈿。沒揣菱花，偷人半面，迤逗得彩雲偏。步香閨怎便把全身現！

【名家例句】

〈驚夢〉中杜麗娘唱：「裊晴絲吹來閒庭院，搖漾春如線。」世間有一種得已而不得已的事：風與水無干，卻偏要去吹著。人與風與水無干，卻偏要去惦著。其實吹了又怎樣，惦著又怎樣，當局者是不會想著的，只覺得點綴點綴也好而已。晴絲的裊娜，原是任運東西；她自己固然不想去管，怕也管不了的。（朱自清《萍因遺稿》跋）

磊磊澗中石

《古詩十九首》多表現人生亂世之中無奈的感懷，「磊磊澗中石」出自以「青青陵上柏，磊磊澗中石」開頭的第三首，接下來就接著「人生天地間，忽如遠行客」，以眼前天地間無窮無盡，也似乎以其永恆不變的姿態已看盡了千萬年滄桑的松柏與澗石，對照於亂世中無常短促而充滿不定不安的人生，悲感油然而生。

【詩詞與作者】

出自《古詩十九首》第三首：

青青陵上柏，磊磊澗中石。人生天地間，忽如遠行客。斗酒相娛樂，聊厚不為薄。驅車策駑馬，游戲宛與洛。洛中何鬱鬱，冠帶自相索。長衢羅夾巷，王侯多第宅。兩宮遙相望，雙闕百餘尺。極宴娛心意，戚戚何所迫。

【名家例句】

冰河公園便以這類遺跡得名。大大小小的石潭，大大小小的石球，現在是安靜了；但那粗糙的樣子還能教你想見多少萬年前大自然的氣力。可是奇怪，這些不言不語的頑石，居然背著多少萬年的歷史，比我們人類還老得多多；要沒人卓古證今地說，誰相信。這樣講，古詩人慨嘆「磊磊澗中石」，似乎也很有些道理在裏頭了。（朱自清〈瑞士〉）

滅燭憐光滿，披衣覺露滋

此聯是描寫月色之光亮潤澤，極為生動的佳句。寫質性至虛而幾近夢幻般的月光，卻滿溢著視覺與觸感，內蘊的情感自不待言，這是唐詩典型的長處：以優越的形象描繪能力，表現極高的抒情性。初唐詩人的語感，往往還帶有南朝絕句小詩的風情，常充盈著直接而俏麗柔媚的感知性，這對於後來唐詩以「興象」生動為歷代詩歌之最，有很大的影響。

【詩詞與作者】

出自張九齡〈望月懷遠〉：

海上生明月，天涯共此時。情人怨遙夜，竟夕起相思。滅燭憐光滿，披衣覺露滋。不堪盈手贈，還寢夢佳期。

張九齡是初唐名臣，詩作多典重復古，惟此詩呈現自然而流麗的風貌，也是初唐詩歌中，最為人熟知的佳作之一。

【名家例句】

因為光，想起了幾句唐詩，也因為幾句唐詩，想起了光。張九齡「滅燭憐光滿」，玩味了很久。一句詩，五個字，有兩個景象。第一個景象是「滅燭」——熄滅了蠟燭的光。原來屋子裡佈滿燭光。吹熄燭火，燭光熄滅，霎時，第二個景象出現，屋子裡佈滿另一種光——月光。月光浩浩蕩蕩，充滿宇宙空間。詩人心裡起了震盪，被月光的浩大飽滿震盪了。心事盪漾，粼粼顫動，像微微的水的波紋，「粼粼」本來是水紋上的光。詩人用了一個美麗的字「憐」，「憐」不是可憐，「憐」是細細的心事粼粼，如水波盪漾。若不是熄滅燭光，是感覺不到月光的浩大之美吧。（蔣勳〈光的文學書寫〉）

❖冥昭瞢闇，誰能極之

這是〈天問〉一開始就連串不止的問句之一，大意是：「滿佈於天地間，關於陰陽、晝夜、清濁、明暗等等的區分和它們的道理，誰能夠窮究？」

這是神話幻想不是很發達的傳統典籍中，少見的宇宙論式的提問。

【詩詞與作者】

出自屈原〈天問〉：

遂古之初，誰傳道之？上下未形，何由考之？冥昭瞢闇，誰能極之？馮翼惟像，何以識之？明明闇闇，惟時何為？陰陽三合，何本何化？……

屈原是「楚辭」這一文體的開創者，是南方文學的開山祖師，與時間更早而發源於北方的《詩經》為中國文學的兩大源流，由於《詩經》非一時一地一人之作，且各篇作者身分多無可考，因此，開創了〈離騷〉、〈九歌〉、〈九章〉等等楚辭體詩歌的屈原，甚至是中國詩歌以「言志」抒情為主的「詩人」傳統的建立者。〈天問〉更是一部直究宇宙根源、天地四方的大哉問。

【名家例句】

滿滿的月光，無所不在，上下四方，使人想起屈原「天問」裡的句子。——「冥昭瞢闇，誰能極之？」「天問」裡詩人對天發出了一百多個問題，近代學科學的大驚小怪，以為屈原早在兩千年前就熟知天文物理。在宇宙的渾沌中，詩人感覺到了光，幽冥的光，照亮的光，朦朧的光，闇淡的光，詩人的視網膜上經歷著不可思議的各種光的明度變化，從最暗到最亮，「冥」、「昭」、「瞢」、「闇」都是在說光，不同層次的光，不同強度的光，不同速度流動游移的光。（蔣勳〈光的文學書寫〉）

我歌月徘徊，我舞影零亂

這首〈月下獨酌〉，寫出詩人月下獨飲閑適瀟灑的情懷，以月為伴，我歌我舞，自在揮灑，彷彿月光與自己的形影也歡欣相隨，為自在安適的心境增添了活潑生動的趣味。

【詩詞與作者】

出自李白〈月下獨酌〉四首之一：

花間一壺酒，獨酌無相親。舉杯邀明月，對影成三人。月既不解飲，影徒隨我身。暫伴月將影，行樂須及春。我歌月徘徊，我舞影零亂。醒時同交歡，醉後各分散。永結無情遊，相期邈雲漢。

【名家例句】

李白的「我歌月徘徊，我舞影零亂」是在書寫光，春天，夜晚，花的盛放，月光，自己的歌，與自己的舞，華麗而孤獨的光，自負而又寂寞的光，與自己的影子對話的光。（蔣勳〈光的文學書寫〉）

❖玉碗盛來琥珀光

好酒又好俠的李白，只要有酒有友，便無處不自在。因此，當其他文人詩中對於旅途、對於作客他鄉，強調的總是離情依依，嗟嘆著種種旅人孤淒無奈，而李白的作客或遠行，卻鮮少有感傷淒寂的情調，而能無所掛慮地及時行樂。「玉碗盛來琥珀光」，講的是美酒，更是主人令人陶然忘機的盛情。

【詩詞與作者】

李白〈客中行〉：

蘭陵美酒鬱金香，玉碗盛來琥珀光。但使主人能醉客，不知何處是他鄉。

【名家例句】

「玉碗盛來琥珀光」，是琥珀沉鬱的光，是糾結著黃金色澤與濃烈酒香的光，使人陶醉沉迷。像青春到了韶華盛極，無奈裡一聲輕輕的喟嘆，在光裡像一縷煙，飄忽逝去了。（蔣勳〈光的文學書寫〉）

❖今夕復何夕，共此燈燭光

人生際遇難言，一朝分別，往往如天上參、商二星，再無相會之期，而今朝是什麼樣的機緣，竟能再度相會，秉燭夜談！

【詩詞與作者】

出自杜甫〈贈衛八處士〉：

人生不相見，動如參與商。今夕復何夕，共此燈燭光。少壯能幾時，鬢髮各已蒼。訪舊半為鬼，驚呼熱中腸。……

【名家例句】

「今夕復何夕，共此燈燭光」，能共聚在一支小小的燭光下，那光多麼穩定溫暖。「夕」是日月之間的光，日沒，月尚未升，幽暝的過渡時間，有一支淡淡的燭光，使人安心。（蔣勳〈光的文學書寫〉）

曜如羿射九日落，矯如群帝驂龍翔

杜甫形容當年宮中劍器舞名家公孫大娘非凡的舞藝：當她舞動劍器時，那種充滿天地間的光亮，宛如當時后羿驚天一射，九日並落，身姿的矯健，彷彿天帝乘雲龍騰躍於蒼穹之上，突然而起，陣陣雷霆，氣象萬千，聲勢動人，一旦舞罷，當她凝神斂氣，那種神采，好似江海之上一片平波映照著無邊的光輝。

【詩詞與作者】

出自杜甫〈觀公孫大娘弟子舞劍器行〉：

昔有佳人公孫氏，一舞劍器動四方。觀者如山色沮喪，天地為之久低昂。曜如羿射九日落，矯如群帝驂龍翔。來如雷霆收震怒，罷如江海凝清光。絳脣朱袖兩寂寞，晚有弟子傳芬芳。臨潁美人在白帝，妙舞此曲神揚揚。……

【名家例句】

我也喜歡杜甫描寫舞劍的光，他童年看過公孫大娘弟子舞劍，數十年過去，舞劍只剩下一片光的記憶——「曜如羿射九日落，矯如群帝驂龍翔。來如雷霆收震怒，罷如江海凝清光」

「曜」是連續不斷的巨大光的爆炸，像神話裡后羿一連九箭射落九個太陽，使人睜不開眼睛、不能逼視。「雷霆震怒」是電的閃光，閃爍，瞬間即逝的光，夾雜著暴怒的雷聲而來。也許最迷人的是舞劍一切動作結束之後，舞者收功，調勻呼吸，極動之後的極靜，出現沉穩內斂的光，像浩瀚江海上一片無聲無波的光，最安靜自信的光，並不閃爍，並不炫耀，自足圓滿，是「曖曖內含光」，徐徐緩緩，優雅而從容。（蔣勳〈光的文學書寫〉）

珠箔飄燈獨自歸

獨自在雨中緩步而歸，細雨飄於燈前，宛如珠簾飄飛，望著那人當年舊居，紅樓高閣依舊在，隔著飄飛的雨絲，備覺清冷。

【詩詞與作者】

李商隱〈春雨〉：

悵臥新春白袷衣，白門寥落意多違。紅樓隔雨相望冷，珠箔飄燈獨自歸。遠路應悲春晼晚，殘宵猶得夢依稀。玉璫緘札何由達，萬里雲羅一雁飛。

【名家例句】

我印象深刻的還有李商隱的「珠箔飄燈獨自歸」，是提著珠貝螺填的燈獨自回家。貝殼壓成很薄的片，製作成燈，可以防風，透過珠貝的燭光，在風裡飄搖。唐詩裡不難看到「箔」這個字。黃金的箔，白銀的箔，珠貝的箔，很薄，都能透光，金色、銀色、珍珠雲母色的光。李商隱「雲母屏風燭影深」是雲母石片鑲填的屏風上深沉的燭光。李商隱的光，是暗夜寂寞的光，華麗而憂傷，迷離蒼涼，以為是光，卻都是心事。（蔣勳〈光的文學書寫〉）

滄海月明珠有淚

這首〈錦瑟〉詩，惝恍迷離，如真似幻，歷來議論紛紜，有說是李商隱有感於過往種種感情際遇，一番心情的結語；也有認為是有感於歲月年華，對生命中種種情感，種種牽掛，如今追憶起來，只如錦瑟之弦音，音聲本無哀樂，只令人無端悵然。

【詩詞與作者】

出自李商隱〈錦瑟〉：

錦瑟無端五十絃，一絃一柱思華年。莊生曉夢迷蝴蝶，望帝春心託杜鵑。滄海月明珠有淚，藍田日暖玉生煙。此情可待成追憶，只是當時已惘然。

李商隱詩一向情感深曲，難有確解，「滄海月明珠有淚，藍田日暖玉生煙」，號稱全詩最難解讀的詩句，傳說中的美麗想像，幻化成明珠的鮫人之淚，溫潤晶瑩的藍田玉，都微妙扣合著「無端」而「感」、「思」的意境，諸多解釋，縱然各個典故出處皆有所本，也未能拼解出作者確實所指，以及相關的情事。不過義山詩的趣味也在此，由種種朦朧的意象和隱喻，形成一連串綿密悠遠的情感象徵，耐人想像追索。

【名家例句】

「滄海月明珠有淚」，是從小讀過的句子，卻始終似懂非懂，模模糊糊，像一片奇幻空靈的光，撲朔迷離。二十五歲，一個人去希臘。夏天，從雅典海港上船，去克里特島。舺板上都是青年背包族，半夜啟航，出愛琴海，一輪明月從海上升起。躺在舺板上，一波一波，是海水，也是月光，天花繚亂。有人唱起歌，神話裡要讓水手聽了迷航的女妖的歌聲。船舷忽然傾斜，月亮星辰搖落流轉。像眼裡的淚，一滴一滴，從左舷流轉到右舷。滿滿的天空海上，都是明晃晃的淚珠的光。我好像忽然懂了李商隱這一句「滄海月明珠有淚」，是愛琴海夏天一夜星月的光為我註記了這一句唐詩。或許，也正是這一句唐詩，為我呼喚那一夜的「滄海月明」都到了眼前。（蔣勳〈光的文學書寫〉）

❖銀燭秋光冷畫屏，輕羅小扇撲流螢

這首詩書寫七夕時節，小兒女在夜涼如水的月色之下，猜臆著天上的牽牛織女星，撲捉流螢，一幅輕倩可愛的景象。

【詩詞與作者】

出自杜牧〈秋夕〉詩：

銀燭秋光冷畫屏，輕羅小扇撲流螢，天階月色涼如水，臥看牽牛織女星。

杜牧個性倜儻豪放，又由於詩歌綺麗高華，也因此流傳之軼事猶多。杜牧詩文兼擅，他的七律七絕作品，除了具有晚唐華麗風格外，又別有風骨，是晚唐重要詩人，又因他滿懷抱負似杜甫，故人稱「小杜」。

【名家例句】

杜牧的「秋夕」絕句也是從小朗朗上口的。七夕的晚上，在家門口，擺一碟蠶豆，點兩支蠟燭，插幾杜香，母親和鄰居婦人纏絲線乞巧。她說起牛郎星和織女星的故事。織女手巧，可以織出整匹銀河。但是戀愛使她荒廢了織布，被天帝處罰，牛郎織女就分隔兩岸，一年七夕見一次面。家門口草多，螢火亂飛，撲螢火蟲累了，躺在長凳上，數銀河裡的星，數著數著睏了，覺得有人在我身上蓋了一張毯子。睡夢中聽到輕輕吟唱的聲音：

「銀燭秋光冷畫屏，輕羅小扇撲流螢，天階月色涼如水，臥看牽牛織女星。」不覺得那是一千年前的唐詩，只覺得夢裡滿滿都是秋光。（蔣勳〈光的文學書寫〉）

2 人與景色

織女明星來枕上，了知身不在人間

《墨莊漫錄》上根據秦觀手書的故事，指稱此詩是贈人之作。詩從天上寫到人間，是詩人常見的「移情」想像，在絕句的起承轉合中，開頭的「起」，常藉由景色或物候起興，再逐步綰入作者的感思，這是《詩經》「關關雎鳩」以來，以眼前的景物興發情感思意的寫作方式。

【詩詞與作者】

出自秦觀〈四絕〉，四首之三：

天風吹月入欄干，烏鵲無聲子夜閑。織女明星來枕上，了知身不在人間。

秦觀以詞著稱，他的作品稱為「淮海詞」，和晏幾道風格相近，都是多情詞人，一往情深而善寫傷心之句。秦觀擅長營造情境，藉景喻情，常有感情深摯，意境悠遠的名作。傳統詩詞講求「詩莊詞媚」，然而秦觀卻把一些詩歌寫得帶有優柔宛曲的風味，詩家所謂的「小詩」，雖不免略有貶意，卻是這位「愁如海」的多情詩人特有的情調。

【名家例句】

我躺在床上，從枕上窺見窗外的星，如練的銀河，「秋宵的女王」的織女，南王的熱鬧。阿，秋夜的盛妝！我腦中浮出朝華的詩句來：「織女明星來枕上，了知身不在人間」立刻似乎身輕如羽，翱翔於星座之間了。

我俯視銀河之波瀾，訪問織女的孤居，撫慰卡麗斯德神女的化身的大熊……「地球，再會！」我今晚要徜徉於銀河之濱，牛女北斗之間了。（豐子愷〈天的文學〉）

❖金陵津渡小山樓，一宿行人自可愁

前人說，唐詩寫得好的地方，往往是風雪、灞橋、驢背上，這幾個場景，也就是唐人流離於旅途中，最常見的情景。而唐詩中許多情韻動人之處，也就是從這些旅途中即目所見的景象，興發情思，或藉由這些引人深思的情境，寄託行旅天涯的離情愁緒。

【詩詞與作者】

出自張祜〈題金陵渡〉：

金陵津渡小山樓，一宿行人自可愁。潮落夜江斜月裡，兩三星火是瓜州。

張祜，字承吉，唐代清河人。生卒年約當晚唐時候。這首〈題金陵渡〉，在外人看來，似乎並無多大差異的篇章，卻是詩人在不同地方度過晨昏，記錄下他「當時」當下的心緒心境之作，詩人彷彿是在為自身的行旅留下註腳，那些片段的意象，插曲式的感思，尤其是在絕句的小幅篇製裡，都飽含在詩人的生命旅途中，那「一時」絕對的主觀情思的價值。相對於詩史上大詩人的名詩名作，這類數量繁多主題又多重複的作品，更像是許許多多滿懷詩情的片段心曲，它們不常被正式的選本收入，卻大量出現在文化中深具溝通及效習作用的詩話筆記中。

【名家例句】

近因某種機緣，到一偏僻的小鄉鎮中的一個古風的高樓中宿了一夜。「金陵津渡小山樓，一宿行人自可愁。」一燈昏人靜而眠不得的時候，我便想起這兩句。其實我並沒有愁，讀到「自可愁」三字，似覺自己著實有些愁了。此愁之來，我認為是詩句的音調所帶給的。「一宿行人自可愁」，這七個字的音調，彷彿短音的樂句，是能使人生起一種憂鬱的情緒。（豐子愷〈午夜高樓〉）

山色空濛雨亦奇

這是蘇軾描寫西湖的名句，描寫西湖千種風情，無一不好，詞句卻以最簡易的方式概括了歷來詞人對湖光山色的覃思精撰。

【詩詞與作者】

出自蘇軾〈飲湖上初晴後雨〉二首之二：

水光瀲灩晴方好，山色空濛雨亦奇。若把西湖比西子，淡妝濃抹總相宜。

蘇軾寫過許多富含哲理性的詩文，在這些詩文中他善於運用一類針鋒相對的「正—反」交詰的思維，表現文章思理的平衡與豐富，他也把這套方法移用來寫景，於是，以一短篇絕句，他便聰明地把前人的寫景成就全概括進來。寫這兩處勝地名景（西湖和廬山），一方面避開前人幾乎已經寫盡而難以另闢蹊徑、找尋更突出的景物描寫的困境，一方面藉此便以簡馭繁，自出巧思，站到眾多前人的肩膀上去了。

【名家例句】

茶越沖越淡，雨越落越大。最初因遊山遇雨，覺得掃興；這時候山中阻雨的一種寂寥而深沉的趣味牽引了我的感興，反覺得比晴天遊山趣味更好。所謂「山色空濛雨亦奇」，我於此體會了這種境界的好處。（豐子愷〈山中避雨〉）

❖春水船如天上坐

這句詩句單看恍如仙境，不過和上下文一起看，就看出了詩人苦中作樂，點石成金地把家常景況點畫成畫境一般的詩歌。和一般描寫景色如畫，人在畫中不太一樣，那是心境已融入景物，情景交融的情態；現在這則是寫真如畫，用「畫意」美化了實景，詩人既幽默又明白地讓讀者看出，他能用文字本領化窮酸腐朽為神奇，表現他日益精深、探索不止的詩學技巧，一面自豪，一面自嘲。要知道，他老人家可是還在「愁看西北是長安」呢！

【詩詞與作者】

杜甫〈小寒食舟中作〉：

佳辰強飯食猶寒，隱几蕭條帶鶡冠。春水船如天上坐，老年花似霧中看。娟娟戲蝶過閒幔，片片輕鷗下急湍。雲白山青萬餘里，愁看西北是長安。

【名家例句】

我們一路談笑，唱歌，吃花生米，弄槳，不覺船已搖到湖的中心。但見一條狹狹的黑帶遠遠地圍繞著我們，此外上下四方都是碧藍的天，和映著碧天的水。古人詩云：「春水船如天上坐」，我覺得我們在形式上「如天上坐」，在感覺上又像進了另一世界。（豐子愷〈放生〉）

驀然回首，那人卻在，燈火闌珊處

【詩詞與作者】

出自辛棄疾〈青玉案〉（元夕）：

東風夜放花千樹。更吹落、星如雨。寶馬雕車香滿路。鳳簫聲動，玉壺光轉，一夜魚龍舞。蛾兒雪柳黃金縷。笑語盈盈暗香去。眾裡尋他千百度。驀然回首，那人卻在，燈火闌珊處。

這是一段讓許多讀者感到心有戚戚焉的詞句，描寫的是一種心境轉折而驀然有得的情致。大概在人生各方面，無論情感、修養、學識、志業的追求或探索，往往都經歷過類似這般往復尋求而領悟的心境，使得這段詞句常被有志於逐夢者，在某一些階段引用。

【名家例句】

一個雨後的黃昏，我忽然在院子裡的榕樹下聽到他的一支Nocturne，尋尋覓覓纏纏綿綿的驚夢：「那人卻在燈火闌珊處」！（董橋〈布爾喬亞的蕭邦，好！〉）

❖林花謝了春紅，太匆匆

李後主在亡國入宋之後，詞風從前期的天真多情、歡樂流麗，轉為感慨深沉而詞采絕美。而這首詞的「人生長恨水長東」，自來都被作為這位帝王詞人充滿詩情的無盡悲愴之寫照。

【詩詞與作者】

出自李後主〈相見歡〉：

林花謝了春紅，太匆匆。無奈朝來寒雨晚來風。胭脂淚，相留醉，幾時重，自是人生長恨水長東。

【名家例句】

李後主在〈相見歡〉這闋詞裡寫著：「**林花謝了春紅，太匆匆**……」好像人們面對花朵凋謝產生很大的感動；「謝」這個字，其實也就是「感謝」的「謝」，意思是說，我完成了我自己，我的生命完成了，當我告別人間的時候，其實沒有任何遺憾。（蔣勳〈嗅覺之美〉）

❖百丈托遠松，纏綿成一家

古典詩歌中從《詩經》賦詩明志的社交傳統以來，經常運用的明喻或暗喻的慣性，以及由這些約定俗成的慣性再延伸出進一步的比擬，這首詩「菟絲附女蘿」，本是古詩中常用以形容女子依附夫家的比喻，又引申到科舉尚未全面壟斷取才之前，士之「求仕」的特殊氛圍，使得「言志」色彩濃厚的詩歌，往往就援引了夫妻、兄弟、朋友的離合等關係的比喻，這類比喻在唐詩裡往往語意雙關，微妙而含蓄地表達請求引薦的心跡。

【詩詞與作者】

出自李白〈古意〉：

君為女蘿草，妾作菟絲花。輕條不自引，為逐春風斜。百丈託遠松，纏綿成一家。誰言會合易，各在青山崖。女蘿發馨香，菟絲斷人腸。枝枝相糾結，葉葉競飄揚。生子不知根，因誰共芬芳。中巢雙翡翠，上宿紫鴛鴦。若識二草心，海潮亦可量。

唐人本有干謁求薦之風，李白是唐宋科舉成熟之前，最為嚮往「伊（尹）呂（尚）功業」而帶有濃厚戰國策士行跡的「詩人」，扣合著作者的性格，解讀他這類「古風」、「古意」之作，就中除了古典的情感之外，也帶有濃厚的戰國「游士」遊俠賓主相得的暗喻。這是歷來解讀李白作品，往往注意到的他與其他詩人「復古」的不同。

【名家例句】

看到一棵高高的松樹那種挺拔的美，我們會心生羨慕，覺得松樹讓自己感覺到生命飛揚的美和快樂，我們會希望自己像一棵大松樹一樣。可是連攀垂在松樹上的藤蔓，也會被詩人歌誦，李白在〈古意〉一詩中寫到：「百丈托遠松，纏綿成一家」，就是歌誦那種攀附成長的美態。（蔣勳〈美，無所不在〉）

❖野曠天低樹

田野空曠，令遠方的天際線顯得比樹木還低，江水清澈，映現出月光分外明亮，似乎就在身邊一般。

【作者與詩詞】

出自孟浩然〈宿建德江〉：

移舟泊煙渚，日暮客愁新。野曠天低樹，江清月近人。

【名家例句】

你我都被「野曠天低樹」的文字意象所震撼，然後終生繪著那一片曠野，你從畫紙的右端進入，筆畫蜿蜒，我從左端進入，水墨淋漓，卻從未相遇，從未停止親近的想望。（蘇紹連〈超友誼筆記〉）

❖高高山頭樹，風吹葉落去。一去數千里，何當還故處

樹葉本來長在高高的山頭上，葉落風吹，離開枝頭數千里，從軍的人，就像這落葉隨風一般，何時能再回到故鄉呢？

【作者與詩詞】

出自漢代樂府古詩：

燒火燒野田，野鴨飛上天。童男娶寡婦，壯女笑殺人。高高山頭樹，風吹葉落去。一去數千里，何當還故處。十五從軍征，八十始得歸。道逢鄉

里人，家中有阿誰？遙看是君家，松柏塚累累。兔從狗竇入，雉從梁上飛。中庭生旅穀，井上生旅葵。舂穀持作飯，采葵持作羹。羹飯一時熟，不知飴阿誰？出門東向看，淚落沾我衣。

【名家例句】

我想起了古人的詩：「高高山頭樹，風吹葉落去。一去數千里，何當還故處？」現在倘要搜集它們的一切落葉來，使它們一齊變綠，重還故枝，回復夏日的光景，即使仗了世間一切支配者的勢力，盡了世間一切機械的效能，也是不可能的事了？還回黃轉綠世間多，但象徵悲哀的莫如落葉，尤其是梧桐的落葉。落花也曾令人悲哀。但花的壽命短促，猶如嬰兒初生即死，我們雖也憐惜他，但因對他關係未久，回憶不多，因之悲哀也不深。葉的壽命比花長得多，尤其是梧桐葉，自初生至落盡，佔有大半年之久，況且這般繁茂，這般盛大！眼前高厚濃重的幾堆大綠，一朝化為烏有！「無常」的象徵，莫大於此了！（豐子愷〈梧桐樹〉）

❖為賦新詞強說愁

這首詞上半闋最能道中少年好強卻又昧於世事的天真，「為賦新詞強說愁」，遂成為年輕時寫作心情的最佳寫照。

【詩詞與作者】

出自辛棄疾詞〈醜奴兒〉（書博山道中壁）：

少年不識愁滋味，愛上層樓。愛上層樓。為賦新詞強說愁。而今識盡愁滋味，欲說還休。欲說還休。卻道天涼好個秋。

【名家例句】

秋季的晚上星光與月色特別清澈明亮，年輕時我常在略涼的寒意裡「偽賦新詩強說愁」，陶醉在自己製造的孤寂與輕愁裡，幻想著自己的詩意與瀟洒。

年紀大了以後，我才注意到秋季的夜空常有低垂的白雲緩緩地移動著，帶著一種肅穆、莊嚴的節奏，好像在提醒我從書裡見証過的人類各種偉大的情感。（彭清輝〈有一種東西叫「幸福」〉）

四 抒發自我

1 感懷身世

❖一片芳心千萬緒，人間沒個安排處

後主詞不僅是後期作品情韻絕美，他的前期作品雖有靡麗的宮體色彩，然而寫情輕綺而不浮豔，又善於配合文字音律，捕捉某些不易描繪的幽微情懷，在在已是大家風範。這首〈蝶戀花〉詞便是詞人能夠更敏銳細膩地描繪這類幽情閒緒的代表作。

【詩詞與作者】

出自李煜詞〈蝶戀花〉：

遙夜亭皋閑信步。乍過清明，早覺傷春暮。數點雨聲風約住。朦朧淡月雲來去。桃李依依春暗度。誰在秋千，笑裏低低語。一片芳心千萬緒。人間沒個安排處。

【名家例句】

當年有由男女自行選擇的婚姻制度，木蘭大概會嫁給立夫，莫愁會嫁給蓀亞。木蘭會公開告訴人說她正在和某青年男子熱戀。那就是她的感受是神祕微妙，不可以言喻，是心猿意馬，自己無法控制，這種情況和其他人間萬事比較起來，則凌駕一切而上之。倘若木蘭的熱戀發生于今日，她會和曾家解除婚約，還我自由的。但當時古老的制度，還依然屹立不搖，她的一片芳心，雖然私屬于立夫，自己還不敢把這種違背名教的感覺坦然承認，同時她對蓀亞的喜愛，她也向來沒有懷疑過。她對立夫的愛，是深深隱藏在內心的角落裏的。（林語堂《京華煙雲》）

❖尋尋覓覓，冷冷清清，淒淒慘慘戚戚

在連用十四個疊字形容而營造出淒清寂寞的氛圍之後，「乍暖還寒時候，最難將息」，點出了這個乍暖乍寒的季節，無所依傍的心緒。這首詞後頭還有許多雙聲疊韻，其音韻功力被譽為詞中絕唱。

【詩詞與作者】

出自李清照詞〈聲聲慢〉：

尋尋覓覓，冷冷清清，悽悽慘慘戚戚。乍暖還寒時候，最難將息。三盃兩盞淡酒，怎敵他、晚來風急。雁過也，正傷心，卻是舊時相識。滿地黃花堆積。憔悴損，如今有誰堪摘。守著窗兒，獨自怎生得黑。梧桐更兼細雨，到黃昏、點點滴滴。這次第，怎一個愁字了得。

李清照是文學史上最具有文士氣質的女性文人，詞風雖被歸於婉約一派，善於運用文字音律，表現幽婉芬馨之情懷，然而其中亦透出清俊飛揚之神采，其詩歌跌宕秀朗，更具有博通書史的涵養。她所作的〈詞論〉，是詞學批評的一篇健筆，也可見出她對創作有認真而犀利的自覺。

李清照和李後主一樣，一生有著前後期的重大轉折，前半生與其夫趙明誠是一對優遊書史的神仙侶，此時期的作品秀逸清馨，已具詞家風采。然而北宋靖康之亂後，明誠過世，又復流離依親於南方，後期作品遂多悲愴沈痛之感。

【名家例句】

不過木蘭開始喜愛宋詞。因為年歲輕，還不能欣賞蘇東坡的詞，像對辛稼軒、姜白石的詞那樣迷戀。她常常精讀李清照那小小的詞集《漱玉詞》。李清照那有名的「聲聲慢」，開頭兒用七對相同的字，用入聲，最後以「了得」結尾，就如梧桐滴雨，點點滴在她的芳心上：

尋尋覓覓，冷冷清清，淒淒慘慘戚戚。乍暖還寒時候，最難將息。三杯兩盞淡酒，怎敵他晚來風急？……（林語堂《京華煙雲》）

二十餘年如一夢，此身雖在堪驚

回憶往昔，到如今，時光悠悠，二十餘年匆匆而過，恍如夢境一般。尋思舊遊多凋零，又看看眼前的自己，這些歲月以來，經歷過多少令人驚心的際遇！

【詩詞與作者】

出自陳與義詞〈臨江仙〉（夜登小閣，憶洛中舊遊）：

憶昔午橋橋上飲，坐中多是豪英。長溝流月去無聲。杏花疏影裡，吹笛到天明。二十餘年如一夢，此身雖在堪驚。閒登小閣看新晴。古今多少事，漁唱起三更。

陳與義是南宋著名詩人，詞作不多，但評價很高，《四庫全書提要》說他「首首可傳」。這首〈臨江仙〉就是他的傳世名作之一。

【名家例句】

「老弟，今夕何夕，想不到咱們老兄弟還有見面的一天。」

鼎立表伯坐在椅上，上身卻傾俯到桌面上，他的頸子伸得長長的，搖著他那一頭亂麻似的白髮，嘆息道：「是啊，表哥，真是『此身雖在堪驚』哪！」

我們三個人都酌了一口茅臺，濃烈的酒像火一般滾落到腸胃裏去。大伯用手抓起一只滷鴨掌啃嚼起來，他執著那祇鴨掌，指點了我與鼎立表伯一下。

「你從紐約去上海，他從上海又要去紐約——這個世界真是顛來倒去嚇。」

「我是做夢也想不到還會到美國來。」鼎立表伯欷歔道。（白先勇〈骨灰〉）

在山泉水清，出山泉水濁

泉水深藏在山中，清洌而澄靜，一旦流出山外，卻被人間是非染濁了。

【詩詞與作者】

出自杜甫〈佳人〉：

絕代有佳人，幽居在空谷；自云良家子，零落依草木。關中昔喪亂，兄弟遭殺戮。官高何足論，不得收骨肉。世情惡衰歇，萬事隨轉燭。夫婿輕薄兒，新人美如玉。合昏尚知時，鴛鴦不獨宿。但見新人笑，那聞舊人哭。在山泉水清，出山泉水濁。侍婢賣珠回，牽蘿補茅屋。摘花不插髮，采柏動盈掬。天寒翠袖薄，日暮倚修竹。

【名家例句】

甜妹說：「是這麼回事。我因為不分晝夜伺候我們小姐，我比別人更瞭解她。她覺睡不好，又吃東西沒口胃。二少爺近來過來看她的時候兒越來越少，因為兩個人都長大了。那一天二少爺來的時候兒，小姐微微的責怪他。您知道，我們小姐若說有毛病，就是她的嘴。她說什麼『在山泉水清，出山泉水濁』。我不知道是什麼意思，但是必然和新來的旗人丫鬟有關係……」（林語堂《京華煙雲》）

原來，造物者為我安置下的幾個早晨的深谷，卻在離北京數萬里外的沙穰，我何其「無心」，造物者何其「有意」？——我還憶起，有「空谷足音」，和杜甫的「絕代有佳人，幽居在空谷」的一首詩，小朋友讀過麼？我翻來覆去的背誦，祇憶得「絕代有佳人，幽居在空谷；自云良家子，零落依草木。摘花不插髮，采柏動盈掬，天寒翠袖薄，日暮倚修竹」這八句來。（冰心《冰心作品第二卷》）

2 自娛自適

又得浮生半日閑

在處處種著竹林的幽靜僧舍，和僧人閒談一晌，就在這擺脫凡塵的一小段時光裡，我難得地擁有了真正的閒暇。

【詩詞與作者】

出自李涉〈題鶴林寺僧舍〉：

終日昏昏醉夢間，忽聞春盡強登山。因過竹院逢僧話，又得浮生半日閑。

【名家例句】

「下河」總是下午。傍晚回來，在暮靄朦朧中上了岸，將大褂折好搭在腕上，一手微微搖著扇子；這樣進了北門或天寧門走回家中。這時候可以念「又得浮生半日閑」那一句詩了。（朱自清〈揚州的夏日〉）

只可自怡悅，不堪持贈

這是陶弘景答齊高帝詔的詩文，不只答詩頗堪玩味，提問本身就開放了餘韻無窮的想像，展現了君臣之間文學相從的文化氣息。

【詩詞與作者】

出自南朝陶弘景〈詔問山中何所有賦詩以答〉：

山中何所有，嶺上多白雲。只可自怡悅，不堪持贈君。

【名家例句】

山中何所有，嶺上多白雲，只可自怡悅，不堪持贈君。

陶弘景曾教學梁武帝，後辭隱，武帝登位，下詔敦請陶弘景出山：「山中何所有，卿何戀而不返？」「嶺上多白雲，只可自怡悅」是陶弘景的回答與狀態。

於是我們忙不迭的問老師：「這是誰的詩？為什麼是這首？抄的還是背熟的？」「不記得了。內在描繪，只可自怡悅」。（蘇偉貞〈內在描繪——關於鄧雪峰老師〉）

從漢末到南朝，不只文學發展鼎盛，在思想界，也正是佛道兩教在理論、經典、和傳播上，大幅成長的時代，甚至也出現了大量的對話和往復來回的精采論辯。也因此，在當時的文化界，除了延續魏晉清談的餘緒外，還經常出現充滿文學與義理趣味的文章或言論。陶弘景是當時聲動朝野的一位隱士，也是南朝思想界的領導人物。此詩出自中國第一部文學總集《昭明文選》，也顯示了當時的風尚。

試酌百情遠，重觴忽忘天

陶淵明的田園詩，以表現他任真自然的至性而成就了無與倫比的典型，而陶淵明詩文中的天然情味，和魏晉時期許多文學家一樣，也受到深厚的思想薰陶。在陶淵明的詩文中，其純真率性，往往也和他豁達樂天的人生修養相互輝映，融合為一適性而惜物的情懷，格外醇厚有味。讀其詩，就像他這飲酒的況味：「稍稍酌取，便感到心靈悠遠，遠離世情牽絆，再多喝兩杯，更令人陶然忘機，徜徉於曠遠的自在之天。」

【詩詞與作者】

陶淵明〈連雨獨飲〉：

運生會歸盡，終古謂之然。世間有松喬，於今定何間？故老贈余酒，乃言飲得仙；試酌百情遠，重觴忽忘天。天豈去此哉！任真無所先。雲鶴有奇翼，八表須臾還。自我抱茲獨，僶俛四十年。形骸久已化，心在復何言。

【名家例句】

自然的美，造物的用意，神的恩寵，我在晚酌中歷歷地感到了。陶淵明詩云：「試酌百情遠，重觴忽忘天。」我在晚酌三杯以后，便能体會這兩句詩的真味。我曾改古人詩云：「滿眼兒孫身外事，閒將美酒對銀燈。」因為沙坪小屋的電燈特別明亮。（豐子愷〈沙坪的美酒〉）

不覓仙方覓睡方

詩人之夢和詩人之醉一樣，往往都是醞釀文思的天地，於是，古典詩詞中常有「午夢」的主題，而午夢與夜夢不同的是，後者常常是關乎「相思」或「愁眠」的主題，而前者則常帶有文人式的閑適寂寥，有時是延續醉後的詩情，有遠離世事羈絆，讓心思閒靜悠遠以造「境」的趣味。

【詩詞與作者】

出自陸游〈午夢〉累日作雪竟不成，戲賦此篇）：

苦愛幽窗午夢長，此中與世暫相忘。華山處士如容見，不覓仙方覓睡方。

【名家例句】

從前我讀陸放翁的詩：

苦愛幽窗午夢長，此中與世暫相忘，華山處士如容見，不覓仙方覓睡方。

曾笑他與世「暫」相忘，何足「苦愛」？但現在我苦愛他這首詩，覺得午夢不夠，要做長夜之夢才好。假如覓得到睡方，我極願重量地吞服一劑，從此悠遊於夢境中，永遠不到真實的世間來了。（豐子愷〈夢耶真耶〉）

天涯共此時

海上升起明月，無論天邊海角，人同此情同此心，望著明月，正是思念遠方之人的時候。

【詩詞與作者】

出自張九齡〈望月懷遠〉：

海上生明月，天涯共此時。情人怨遙夜，竟夕起相思。滅燭憐光滿，披衣覺露滋。不堪盈手贈，還寢夢佳期。

【名家例句】

寫這本書，在老照相簿裡鑽研太久，出來透口氣，跟大家一起看同一頭條新聞，有「天涯共此時」的即刻感。手持報紙倒像綁匪寄給肉票家人的照片，證明他當天還活著。其實這倒也不是擬於不倫，有詩為證。詩曰：人老了大都是時間的俘虜，被圈禁禁足。它待我還好——當然隨時可以撕票。一笑。（張愛玲《對照記》〈跋〉）

貳 · 文章中的詩詞——議論篇

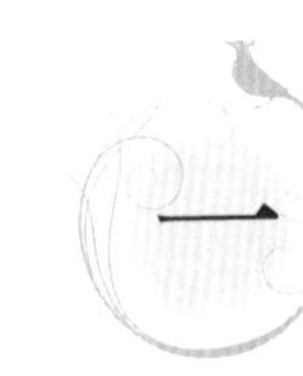

一 論「生命」

1 生也有涯

夕陽山外山

這是南宋江湖詩人戴復古苦心造出的奇句，近代由於民初文人李叔同著名的〈送別〉一曲中的引用，遂為近人所熟知。南宋江湖詩人由於他們特殊的生活型態，常遊走於四方，加上時代風氣，作詩講求精密工整，寫景寫物務求新奇工巧，在這之中，也創造了不少意象新奇，且能夠達到情景交會的詩歌。尤其戴復古這一聯「春水渡傍渡，夕陽山外山」，更常被拿來作為詩人追求奇句，苦心搜索的典型。據說戴復古原先見夕陽映山，一時興會，得出「夕陽山外山」之句，然而要為這一奇句對出上聯，則苦思不得，怎麼都對不上，直到一天，漫步於村中，時當雨後初晴，水聲潺潺，忽想到「春水渡傍渡」，這才為苦思良久的奇句補上上聯。可見江湖詩人的特色，詩歌不只成就於覃思深慮，往往還須因景物適時的湊會，方能完成。

後來弘一大師李叔同在他膾炙人口的歌曲〈送別〉襲用了「夕陽山外山」，遂讓這一意象再次延伸，增添了無限懷人遠思的想像。

【作者與詩詞】

出自戴復古〈世事〉：

世事真如夢，人生不肯閑。利名雙轉，今古一憑欄。春水渡傍渡，夕陽山外山。吟邊思小范，共把此詩看。

戴復古，字式之，號石屏。南宋人。戴復古是南宋中期興起的「江湖詩人」之一。這群在江湖間挾作品遊走於仕宦之家的詩人，由於經常行旅四方，因此其詩歌頗似晚唐詩人善於描寫景物，又加上宋末詩人更加講求精巧工整，形成了一代「苦吟」的風氣。其中的姜夔、戴復古等人，是能夠達到詩思精密、風格高秀的佼佼者。

吟到夕陽山外山

歷史上的奇句、名句，往往值得一再引申，且往往經過了多方衍生之後，詩句更加豐富雋永，宛如一次次新生。上述的「夕陽山外山」，除了近代大家熟知的弘一大師李叔同引用於〈送別〉這首動人的歌曲中，在他之前，至少還有一位詩人也引用過，而讓這奇句「餘音繞梁」，百年不絕。這便是龔自珍的〈漁溝道中題壁一首〉。

不同於弘一大師以其悠遠的意象，造成情景交融的別離之思，龔自珍把這句本來作景物描寫的句子，作「理語」用，運用在人生義理的反思，且是翻案文章，翻出了新的意味，耐人尋思。

「未濟」，是《易》經最後一卦，歷來解經者皆常以往復不止，連綿不窮解之。而龔自珍卻更從一新奇的角度，指出「未濟」的玄機就在「缺陷」，如同「夕陽山外山」所蘊含的「夕陽無限好，只是近黃昏」的遺憾，正因「缺陷」，才有繼續源源不絕的餘情餘韻。

【作者與詩詞】

出自龔自珍〈漁溝道中題壁一首〉：

未濟終焉心縹緲，人生翻從闕陷好，吟到夕陽山外山，古今難免餘情繞。

龔自珍是清代一位全才型的才子，博通經史，學術及眼界皆不拘一格，有感於時代之變，常有首開風氣之議論，見於詩文，因此其詩歌亦充溢奇氣，瑰麗跌宕，能自成一家。

【名家例句】

我大概是嚮往「遙遠與久遠的東西」（theFarawayandlongago），連「幽州」這樣的字眼看了都森森然有神秘感，因為是古代地名，彷彿更遠，近北極圈，太陽升不起來，整天昏黑。小時候老師困讀《綱鑑易知錄》，「綱鑑」只從周朝寫起，我就很不滿。學生時代在港大看到考古學的圖片，才發現了史前。住在國外，圖書館這一類的書多，大看之下，人種學又比考古學還更古，作為逃避，是不能跑得更遠了。逃避本來也是看書的功用之一，「吟到夕陽山外山，」至少推廣地平線，胸襟開闊點。（張愛玲〈談看書〉）

四十無聞，斯不足畏

「四十無聞，斯不足畏」，出自《論語・子罕》「子曰：後生可畏，焉知來者之不如今也？四十、五十而無聞焉，斯亦不足畏也已。」孔子以謂年輕人銳意進取的志氣，不可小覷。陶淵明這篇詩作則是有感於年華老大，而年輕時曾有的經世濟民的功業之想，卻未曾實現。

〈榮木〉這四首詩，一則以感慨當年用世的志意，而今白首無成；一則以自勉，雖無功業之用，但亦不捨其志，安於道，樂於善，如曾子所謂無日不自省，任重而道遠之意。這是這四首詩從悵惘感慨到以道自勉的曲折，也可以從中體會，淵明詩的平淡恬淡，如朱子所言，當中實有不平淡不輕易之處。

【作者與詩詞】

出自陶淵明〈榮木〉詩其四：

先師遺訓，余豈云墜。四十無聞，斯不足畏。脂我名車，策我名驥。千里雖遙，孰敢不至。（詩前序云：榮木，念將老也。日月推遷，已復九夏，總角聞，白首無成。）

【名家例句】

陰曆元旦的清晨，四周肅靜，死氣沈沈，……盥洗畢，展開一張宣紙，抽出一支狼毫，一氣呵成地寫了這樣的幾句陶詩：

「先師遺訓，余豈云墜。四十無聞，斯不足畏。脂我名車，策我名驥。千里雖遙，孰敢不至。」下面題上「廿六年古曆元旦卯時緣緣堂主人書」，蓋上一個「學不厭齋」的印章，裝進一個玻璃框中，掛在母親的遺像的左旁。古人二十幾行弱冠禮，我這一套彷彿是四十歲行的不惑之禮。（豐子愷〈不惑之禮〉）

不識廬山真面目，祇緣身在此山中

據蘇軾自記，這首詩是已遊歷廬山全山過半時所作。「不識廬山真面目，祇緣身在此山中」，通常就被視為是他在沉澱了廬山種種印象之後，所作的一種總結性的領悟。而後人便經常用這一句話來描述這類儘管有許多片段印象或感受，卻始終無法取得全體觀照的當局者迷之情狀。

【作者與詩詞】

出自蘇軾〈題西林壁〉：

橫看成嶺側成峰，遠近高低總不同。不識廬山真面目，只緣身在此山中。

【名家例句】

但是坐過飛機的人覺得也不過如此，雲海飄飄拂拂的瀰漫了上下四方，的確奇。可是高山上就可以看見；那可以是雲海外看雲海，似乎比飛機上雲海中看雲海還清切些。蘇東坡說得好：「不識廬山真面目，祇緣身在此山中。」飛機上看雲，有時卻祇像一堆堆破碎的石頭，雖也算得天上人間，可是我們還是願看流雲和停雲，不願看那死雲，那荒原上的亂石堆。至于錦繡平鋪，大概是有的。（朱自清〈重慶遊記〉）

2 浮生如夢

六朝如夢鳥空啼

歷經唐末衰亂，五代詩詞常承繼晚唐詠古詩風，特別是六朝興亡的感慨，往往反映了晚唐詩人對於時勢的蒼涼預感，以及由這預感一直延續到五代親臨衰亂的繁華夢幻之嘆息。韋莊雖以詞作著稱於後世，然而他最初便是以一首描寫唐末離亂之苦的〈秦婦吟〉名動公卿，是這類寫作中的佼佼者，而這首〈臺城〉就是這一類，藉六朝興亡寄寓山河之感的詩作。

【作者與詩詞】

出自韋莊〈臺城〉：

江雨霏霏江草齊，六朝如夢鳥空啼。無情最是臺城柳，依舊煙籠十里堤。

韋莊詩歌以〈秦婦吟〉聞名於當世，然而他更重要的是在詞壇的代表地位，韋莊詞作，與溫飛卿並為晚唐五代詞的代表人物，一清俊，一深美，開出後世詞之豪放派與婉約派兩大風格。

十年一覺揚州夢

這是晚唐詩人杜牧對於自己年少輕狂的自況，後來也常被引用來形容過去曾經耽迷於某些事況，而今回首，前塵若夢的感受。

【作者與詩詞】

出自杜牧〈遣懷〉：

落魄江湖載酒行，楚腰纖細掌中輕。十年一覺揚州夢，贏得青樓薄倖名。

【名家例句】

因為我確信夢中也有夢中的「世間法」，應該和在現世一樣地恪守，不然我在夢中就要夢魂不安。可知人在夢中都是把夢當作現世一樣看待的。反過來也說得通：人在現世常把現世當作夢一樣看後，所以有「浮生若夢」的老話。讀到「六朝如夢鳥空啼」，「十年一覺揚州夢」等句，回想自己所遇逢的衰榮興廢，離合悲歡，真覺得同做夢一樣，凡人的生涯都原是夢，豈讀神女而已哉。（豐子愷〈夢耶真耶〉）

夢裡不知身是客，一晌貪歡

這首詞也是李後主亡國後感人肺腑的詞作之一。這「客」字寄託很深的身不由主的抑鬱之思，在詩詞傳統中，特別在戰亂的年代裡，漢末、三國、一直到唐末五代，詩詞裡用「客」字，不只是離鄉思鄉之苦，多半都還具有相當濃厚的悲涼無奈之感。而後主此詞便是在這傳統中，極傳神地表達「客」處境之困蹙，如此愁懷，只在無知的夢中稍可暫免，而這還是「一晌貪歡」，不可多得，可見得這種「醉鄉路穩」的時刻也不多。

【作者與詩詞】

出自李煜詞〈浪淘沙〉：

簾外雨潺潺。春意闌珊。羅衾不暖五更寒。夢裏不知身是客，一晌貪歡。獨自莫憑欄，無限江山。別時容易見時難。流水落花春去也，天上人間。

故園此去千餘里，春夢猶能夜夜歸

這也是一首客居他鄉的惆悵之作，不過主要是因懷鄉之思，是文人常見的思鄉曲。

【作者與詩詞】

顧況〈憶故園〉：

惆悵多山人復稀，杜鵑啼處淚霑衣。故園此去千餘里，春夢猶能夜夜歸。

顧況，字逋翁，唐代蘇州人。顧況在中唐也是聞名一時的著名詩人，不過現在大家對他最主要的印象，恐怕還是他調侃白居易「長安居，大不易」的趣聞。

也曾因夢送錢財

元稹〈遣悲懷〉三首悼亡詩，和潘岳三首悼亡詩一樣，情辭懇切，都是悼念妻子的名詩。尤其元稹此詩，描寫夫妻同甘共苦，現實生活中的困頓和親愛，細膩而寫實，因此有諸多洞達人情的佳句。此聯「尚想舊情憐婢僕，也曾因夢送錢財」，講述眷戀舊情，故愛屋及烏，連舊日婢僕都倍加惜重，又因思念甚深，以致也在夢中相會，而燒送金銀以祝禱。

【作者與詩詞】

出自元稹〈遣悲懷〉，三首之二：

昔日戲言身後意，今朝皆到眼前來。衣裳已施行看盡，針線猶存未忍開。尚想舊情憐婢僕，也曾因夢送錢財。誠知此恨人人有，貧賤夫妻百事哀。

❖打起黃鶯兒，莫教枝上啼；啼時驚妾夢，不得到遼西。

【作者與詩詞】

金昌緒〈春怨〉：

打起黃鶯兒，莫教枝上啼；啼時驚妾夢，不得到遼西。

這是從《詩經》以來傳統閨怨詩的典型之一，這類題材，多與夫婿從軍遠征有關，如此詩中的「遼西」，可泛指戍守遠方內心遙念的其人其地。此詩猶是承平時候之作，故瞋怨多於感慨，若是征戰頻繁的時代，閨怨詩往往又更有濃厚的哀思。

【名家例句】

自來去國懷鄉，以及男女相戀的人，都在夢中圓滿其欲望而實行其合理的生活，有無數的詩詞可為證據。亡國的李後主「夢裡不知身是客，一晌貪歡。」離鄉的顧況說：「故園此去千餘里，春夢猶能夜夜歸。」這種夢何等痛快！元稹死了夫人之後，能「因夢送錢財」給她。「打起黃鶯兒，莫教枝上啼；啼時驚妾夢，不得到遼西。」這思婦分明是有意耽樂於夢的生活，而在那裡「尋夢」了。（豐子愷〈夢耶真耶〉）

重門不鎖相思夢，隨意繞天涯

詞從晚唐五代興起後，即帶有濃厚的言情傳統，故於「相思」一題，也是詞所擅勝場。醉夢、閒愁、落花、飛絮，都是這個傳統下說相思道相思的常見語境。在此詞句謂相思之夢已翩翩重門，飄飛追隨於天涯夢中人。

【作者與詩詞】

宋・趙令時〈烏夜啼〉：

樓上縈簾弱絮，牆頭礙月低花。年年春事關心事，腸斷欲棲鴉。舞鏡鸞衾翠減，啼珠鳳蠟紅斜。重門不鎖相思夢，隨意繞天涯。

別夢依依到謝家

唐詩裡常見「謝娘」一詞，多代稱詩人情有所繫之才女（在傳統詩詞的風月傳統中，「謝娘」多指歌妓）。在此之「別夢依依到謝家」，猶如溫庭筠之「惆悵謝家池閣」（〈更漏子〉），有不盡的繾綣留戀之意。

【作者與詩詞】

出自張泌〈寄人〉：

別夢依依到謝家，小廊迴合曲闌斜。多情只有春庭月，猶為離人照落花。酷憐風月為多情，還到春時別恨生。倚杜尋思倍惆悵，一場春夢不分明。

魂來楓葉青，魂返關塞黑

李白因參與叛變事件遭到放逐，流放到夜郎這等南方蠻荒之地，消息懸絕，生死難測。深情的老朋友杜甫過於思念以致見故人入夢，夢中情景宛然如真，喻示想念之殷切，「楓葉青」與「關塞黑」，很生動地寫出了夢境的神祕蕭索，正反映了他掛念不下老友的心思。

【作者與詩詞】

出自杜甫〈夢李白〉：

死別已吞聲，生別常惻惻。江南瘴癘地，逐客無消息。故人入我夢，明我長相憶。恐非平生魂，路遠不可測。魂來楓葉青，魂返關塞黑。君今在羅網，何以有羽翼。落月滿屋梁，猶疑照顏色。水深波浪闊，無使蛟龍得。

【名家例句】

宋人詞句云：「重門不鎖相思夢，隨意繞天涯。」而張泌寄所戀的女子：「別夢依依到謝家，」能仔細地看到「小廊迴合曲闌斜。」……杜甫夢見李白時，「魂來楓林青，魂返關山黑。」連背景都看

得十分清楚。可見夢的生活的快適真足令人耽樂，一方面能奇蹟地浪漫，一方面又能逼真地寫實。（豐子愷〈夢耶真耶〉）

❖維熊維羆，男子之祥；維虺維蛇，女子之祥

古人占夢，夢見熊羆或蛇虺，皆是吉兆，熊羆乃生男之兆，蛇虺乃生女之兆。在《詩經》這篇祝賀人新屋落成的篇章裡，各種祝禱之詞，從家族和睦安樂到家人與居處的光明安寧，到子孫綿延，各成其德，無不平實地反映了當時人情的淳厚。

【作者與詩詞】

出自《詩經．小雅．鴻雁之什．斯干》：

秩秩斯干，幽幽南山。如竹苞矣，如松茂矣。兄及弟矣，式相好矣，無相猶矣。似續妣祖，築室百堵，西南其戶，爰居爰處，爰笑爰語。約之閣閣，椓之橐橐。風雨攸除，鳥鼠攸去，君子攸芋。如跂斯翼，如矢斯棘，如鳥斯革，如翬斯飛，君子攸躋。殖殖其庭，有覺其楹。噲噲其正，噦噦其冥，君子攸寧。下莞上簟，乃安斯寢。乃寢乃興，乃占我夢。吉夢維何？維熊維羆，維虺維蛇。大人占之，維熊維羆，男子之祥；維虺維蛇，女子之祥。乃生男子，載寢之床，載衣之裳，載弄之璋。其泣喤喤，朱芾斯皇，室家君王。乃生女子，載寢之地，載衣之裼，載弄之瓦。無非無儀，唯酒食是議，無父母詒罹。

【名家例句】

至於占夢之術，像小雅所謂「維熊維羆，男子之祥；維虺維蛇，女子之祥，」則過於切實而近於神祕，不是我所能理解的了。（豐子愷〈夢耶真耶〉）

3 無常之感

❖春蠶到死絲方盡，蠟炬成灰淚始乾

李商隱以「無題」為題的許多詩歌，內容多指涉各類情事情思，卻有富含高度的藝術形象，遂開創了特別的言情抒情之一類寫作手法和題材，為後世許多詩人所效習。這一聯詩句為其中最膾炙人口的詩句之一，表達了情感世界裡的深情執著。

【作者與詩詞】

出自李商隱〈無題〉：

相見時難別亦難，東風無力百花殘。春蠶到死絲方盡，蠟炬成灰淚始乾。曉鏡但愁雲鬢改，夜吟應覺月光寒。蓬山此去無多路，青鳥殷勤為探看。

【名家例句】

燈下，我推開算術演草簿，提起筆來在一張廢紙上信手塗寫日間所諳誦的詩句：「春蠶到死絲方盡，蠟炬成灰……」沒有寫完，就拿向燈火上，燒著了紙的一角。我眼看見火勢孜孜地蔓延過來，心中又忙著和個個字道別。完全變成了灰燼之後，我眼前忽然分明現出那張字紙的完全的原形；俯視地上的灰燼，又感到了暗淡的悲哀……（豐子愷〈大賬簿〉）

❖小院無人夜，煙斜月轉明。消宵易惆悵，不必有離情

此詩寫深夜小院清寂的幽趣，這種淡淡的愁緒，不盡然如別情離緒有所謂而感發，卻另有一番可堪玩味的思致。

【作者與詩詞】

出自唐彥謙〈小院〉：

小院無人夜，煙斜月轉明。消宵易惆悵，不必有離情。

唐彥謙是晚唐詩人，善於描寫細微精巧的景物或情態，這也是晚唐一代風尚，晚唐詩人由此發展出許多更工巧的文字和對偶的講求，甚至影響到宋初詩壇。唐彥謙的作品，就是北宋初年詩話常常討論的對象之一。這首〈小院〉一詩，從題材到詩境，都反映了當時這類詩歌對於幽情微緒細膩的體會。

【名家例句】

夜的黑暗能把外物的誘惑遮住，使人專心於內省。耽於內省的人，往往概念無常，心生悲感。更怎禁一個神秘幽玄的月亮的挑撥呢？故月明人靜之夜，只要是敏感者，即使其生活毫無憂患而十分幸福，也會興起惆悵。正如唐人詩所云：「小院無人夜，煙斜月轉明。消宵易惆悵，不必有離情。」與萬古常新的不朽的日月相比較，下界一切生滅，在敏感者的眼中都是可悲哀的狀態。何況日月也不見得是不朽的東西呢？（豐子愷〈無常之慟〉）

故國不堪回首月明中

講的是「故國不堪回首」，卻用了「月明」，用了歲歲年年都相似的良辰美景來對比，更顯得國破家亡之後那愁懷永如江水不止息。

【作者與詩詞】

出自南唐李煜〈虞美人〉詞：

春花秋月何時了。往事知多少。小樓昨夜又東風。故國不堪回首月明中。雕欄玉砌應猶在。只是朱顏改。問君都有幾多愁。恰似一江春水向東流。

【名家例句】

人類的理想中，不幸而有了「永遠」這個幻象，因此在人生中平添了無窮的感慨。所謂「往事不堪

回首」的一種情懷，在詩人——尤其是中國古代詩人——的筆上隨時隨處地流露著。（豐子愷〈無常之慟〉）

笙歌歸院落，燈火下樓臺

白居易的詩作一向平易近人，遣句用詞明白曉暢，甚至在題材和文字上往往不避俚俗，廣泛地描寫日常生活情狀和細節。這首詩歌便是描述一次在喧鬧的宴席之後，徒步而歸的情景。在歡笑熱鬧之後，歸於清寂，個人細細感受著「殘暑」、「新秋」種種「涼散」的情味。這一聯名句，是這首詩情境和心境戲劇性轉換的關鍵，以「動／靜」、「明／暗」、「前／後」流暢而漂亮的對照和轉折，就產生了兩種畫面間距離感、時間感（前後一瞬間）令人悵然的落差，而增添了這種「涼散」特殊的況味。在這風味獨特的情態和氣氛下，使得這首律詩以下的四句，雖然不出一般詩歌常見的景物和用語，卻倍有一種含蓄卻點滴在心頭的秋意。這也是白居易能夠以流暢的敘事能力，娓娓述寫日常平凡經驗的獨特魅力。

【作者與詩詞】

出自白居易〈宴散〉：

小宴追涼散，平橋步月回。笙歌歸院落，燈火下樓臺。殘暑蟬催盡，新秋雁帶來。將何迎睡興，臨臥舉殘杯。

【名家例句】

會朽的人，對於眼前的衰榮興廢豈能漠然無所感動？「笙歌歸院落，燈火下樓台」。這一點小暫的衰歇之象，已足使履霜堅冰的敏感者興起無窮之慨，已足使頓悟的智慧者痛悟無常呢！（豐子愷〈無常之慟〉）

❖團扇棄捐

這首東漢才女班倢伃所作的〈怨歌行〉，據傳是漢成帝時候班倢妤，因趙飛燕所讒，幽居長信宮而感嘆身世所作。詩中以團扇到了秋日便遭棄置不顧為喻，感嘆後宮失寵的幽怨。到後來卻經常用來比喻，文人在傳統仕宦經歷中「不才明主棄」的遭遇。

【作者與詩詞】

據說是出自東漢班倢伃〈怨歌行〉：

新裂齊紈素，皎潔如霜雪。裁作合歡扇，團圓似明月。出入君懷袖，動搖微風發。常恐秋節至，涼意奪炎熱。棄捐篋笥中，恩情中道絕。

班倢妤，東漢成帝時候人，據稱是因趙飛燕所讒陷而失寵，遂做此詩。詩歌緣由已不可確證，但由歷來文人的引用，可知在傳統社會體制中，共有的自傷與悲情。

【名家例句】

忽又自笑：「夏日可畏，冬日又愛。」以及「團扇棄捐」，乃古之名言，夫人皆知，又何足喫驚？於是我的理智屈服了。但是我的感覺仍不屈服，覺得當此炎涼遞變的交代期上，自有一種異樣的感覺，足以使我喫驚。（豐子愷〈初冬浴日漫感〉）

4 人生領悟

❖碌碌群漢子，萬事由天公

這是詩僧寒山曉諭世人凡事安於所遇無所爭的道理，已開後世醒世詩的風氣。

【作者與詩詞】

出自《全唐詩》卷八〇六所收寒山三百零三首詩中地二百五十三首：

二儀既開闢，人乃居其中。迷汝即吐霧，醒汝即吹風。惜汝即富貴，奪汝即貧窮。碌碌群漢子，萬事由天公。

寒山，拾得，都是唐代有名的詩僧，他們的詩歌都以「醒世」意味甚於詩意著稱，是以僧人情味入詩的代表，雖常為文人談禪論詩時提及，但跟詩人所作蘊含禪思禪味的詩歌依然相異其趣。

【名家例句】

寒山子詩云：「碌碌群漢子，萬事由天公。」人生的最高境界，只有宗教。所以我的逃難，與其說是「藝術的」，不如說是「宗教的」。人的一切生活，都可說是「宗教的」。（豐子愷〈藝術的逃難〉）

❖苦恨年年壓金線，為他人作嫁衣裳

在《全唐詩》裡留存的秦韜玉詩作，有許多「借物言情」或「借事言情」之作，這首〈貧女〉是其中之一，也是大家能夠琅琅上口的一首。那耗盡心血在針線女紅上年年逝去的青春，卻原是為他人而賣力，秦韜玉所擬出的「為人作嫁」的比喻，精確地道中此種無奈的心情。

【作者與詩詞】

出自秦韜玉〈貧女〉

蓬門未識綺羅香，擬託良媒益自傷。誰愛風流高格調，共憐時世儉梳妝。敢將十指誇纖巧，不把雙眉鬥畫長。苦恨年年壓金線，為他人作嫁衣裳。

【名家例句】

我們的演劇的本能是根深蒂固的，所以我們常常忘記我們在離開舞台的時候，還有真正的生活可以度過。於是我們一生勞勞苦苦的工作著，不是依我們的真本能為自己而生活著，而是為社會人士的稱許而生活著，如中國俗語所說的那樣，像老處女「為他人作嫁衣裳」。（林語堂〈人生的盛宴〉）

風乍起。吹縐一池春水

這本是描述春日閒情的名句，由於南唐中主李璟的揄揚，「吹縐一池春水」遂成為一句戲謔而活潑的用語。

【作者與詩詞】

出自馮延巳詞〈謁金門〉：

風乍起。吹縐一池春水。閑引鴛鴦香徑裏。手挼紅杏蕊。鬥鴨欄干獨倚。碧玉搔頭斜墜。終日望君君不至。舉頭聞鵲喜。

生於唐昭宗天復三年，卒於宋太祖建隆元年。馮延巳詞清新深俊，在詞壇上的評價可與南唐二主比肩。

【名家例句】

我單覺得清談也正是一種「生活之藝術」，祇要有節制。有的如針尖的微觸，有的如剪刀的一斷；恰像吹皺一池春水，你的心便會這般這般了。（朱自清〈海闊天空與古今中外〉）

想得故園今夜月，幾人相憶在江樓

古典詩詞中，有一些時節和物類特別容易產生聯想，比如秋風蕭瑟天氣涼的時節，除了草木凋零之外，又常與春來秋往的鴻雁產生連結。加上傳統典故裡「魚雁」與書信、與故人的聯繫，因此由南飛的雁行興起鄉國之思，也成了詩文中常見的主題。這首詩，詩題為「雁」，而結束於故園之思，是常見的典型。

【作者與詩詞】

出自羅鄴〈雁〉，二首之一（一說杜荀鶴〈新雁〉詩）：

暮天新雁起汀洲，紅蓼花開水國秋。想得故園今夜月，幾人相憶在江樓。

羅鄴，晚唐餘杭人。約唐僖宗乾符中在世。

❖流光容易把人拋。紅了櫻桃。綠了芭蕉

歲月流轉，又到了季節轉換的時候，櫻桃紅，芭蕉綠，應是暮春已盡，初夏將至了。

【作者與詩詞】

蔣捷〈一翦梅〉（舟過吳江）：

一片春愁待酒澆。江上舟搖。樓上帘招。秋娘度與泰娘嬌。風又飄飄。雨又蕭蕭。何日歸家洗客袍。銀字笙調。心字香燒。流光容易把人拋。紅了櫻桃。綠了芭蕉。

【名家例句】

我從小不歡喜科學而歡喜文藝。為的是我所見的科學書，所談的大都是科學的枝末問題，離人生根本很遠，而我所見的文藝書，即使最普通的《唐詩三百首》、《白香詞譜》等，也處處含有接觸人生

根本而耐人回味的字句。例如我讀了「想得故園今夜月，幾人相憶在江樓」，便會設身處地地做了思念故園的人，或江樓相憶者之一人，而無端地興起離愁。又如讀了「流光容易把人拋，紅了櫻桃，綠了芭蕉」，便會想起過去的許多的春花秋月，而無端地興起惆悵。我看見世間的大人都為生活的瑣屑事件所迷著，都忘記人生的根本，只有孩子們保住天真，獨具慧眼，其言行多足供我欣賞者。（豐子愷〈談自己的畫〉）

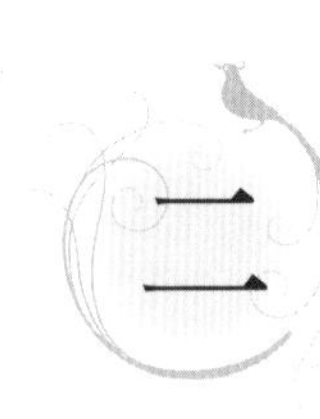

二 論「生活」

1 生活態度

❖忍過事堪喜

年紀大了以後，感覺到世事在經歷過一番忍耐的境界之後便別有不同，好似在度過憂愁之後得來的順遂並非平白，更勝於無所事事的平順。

【作者與詩詞】

出自杜牧〈遣興〉：

鏡弄白髭鬚，如何作老夫。浮生長勿勿，兒小且嗚嗚。忍過事堪喜，泰來憂勝無。治平心徑熟，不遣有窮途。

【名家例句】

去年在日本片瀨地方花了二十錢燒了一只花瓶，用藍筆題字曰：「忍過事堪喜。甲戌八月十日十江之島，書杜牧之句制此。知堂。」瓶底畫一長方印，文曰，「苦茶庵自用品」。這個花瓶現在就擱在書房的南窗下。我為什麼愛這一句詩呢？人家的事情不能知道，自己的總該明白吧。自知不是容易事，但也還想努力。我不是尊奉它作格言，我是賞識它的境界。這有如吃苦茶。苦茶並不是好吃的，平常的茶小孩也要到十幾歲才肯喝，咽一口釅茶覺得爽快，這是大人的可憐處，人生的「苦甜」，如古希臘女詩人之稱戀愛，《詩》云，誰謂荼苦，其甘如薺。（周作人《苦茶隨筆》）

種蘭不種艾，蘭生艾亦生

這首〈問友〉詩，是白居易處世閱世看到的事物的兩面性。當然，如果我們從詩歌傳統以及白居易本人也提倡過的諷諭作用來看的話，這也是他對自己身處其間同時也曾遭小人構陷之害的中唐政局的一番諷諭。然而，在白居易的筆下，這種諷諭，也還是溫厚而平和的。範例中，豐子愷所謂「移蘭」之策，便是借用白居易詩中對於現實的兩面性的觀照，比喻他在戰時離開浙江家鄉到四川避難的決定，就如同白居易詩中「蘭生艾亦生」的現實難題。

【作者與詩詞】

出自白居易〈問友〉詩：

種蘭不種艾，蘭生艾亦生。根荄相交長，莖葉相附榮。香莖與臭葉，日夜俱長大。鋤艾恐傷蘭，溉蘭恐滋艾。蘭亦未能溉，艾亦未能除。沉吟意不決，問君合如何？

白居易字「樂天」，他的確也不負這稱號，蘇軾就一直很欣賞白居易性情的達觀知命。前文提到，白居易在敘寫日常生活經驗時，能以明白曉暢的詩句，達到平實而動人的成就。這除了他娓娓道來，流暢而情感綿密的敘事能力外，也出自他觀看世事時，因為個性通達而能夠從容看待事理的眼光。

【名家例句】

我想起了白居易的《問友》詩：「種蘭不種艾，蘭生艾亦生。根荄相交長，莖葉相附榮。香莖與臭葉，日夜俱長大。鋤艾恐傷蘭，溉蘭恐滋艾。蘭亦未能溉，艾亦未能除。沉吟意不決，問君合如何？」剷除暴徒，以雪百年來浸潤之恥，誰曰不願，糜爛土地，荼毒生靈，去父母之邦，豈人之所樂哉？因此沉吟意不決者累日。終於在方寸中決定了「移蘭」之策。（豐子愷〈辭緣緣堂〉）

❖瓶花帖妥爐香定，覓我童心廿六年

午夢醒來，瓶花和爐香靜定的意象，與因夢無端的潸然清淚，交織成不知是禪境還是思念舊事的朦朧情懷，教人回憶起自幼以來自己總是敏感又奇特的性情。而從那樣的「童心」以來，如今已經有二十六年了。而範例中豐子愷引用此詩，比喻音樂如何長年內化於兒童的心中，也極為貼切而獨特。

【作者與詩詞】

出自龔定庵〈午夢初覺悵然詩成〉：

不似懷人不似禪，夢回清淚一潸然。瓶花帖妥爐香定，覓我童心廿六年。

龔定庵的詩文向來有雄奇超絕之稱，稟賦奇、見地奇、性情與遭遇亦相當奇特，在時代風氣和個人性格交激下，思想和表現風貌，都有獨出心裁，截然超脫於傳統詩歌之處。這首「午夢初覺悵然詩成」，就迥異於其他詩人往往充滿閑適、感傷、和淡淡閒愁的「午夢」。龔定庵對自己性情和感知的「奇」頗有自覺，自幼以來，無論是聽到賣糖人的簫聲而無端悵惘，惚惚若病，或是孺慕慈母燈前口授詩句的誦讀聲，都令他念念不忘。此處的「童心」，正源自他自幼性情性靈與眾不同的敏慧。

【名家例句】

每一曲歌，都能喚起我兒時的某一種心情。記述起來，不勝其煩。詩人云：「瓶花妥貼爐煙定，覓我童心二十年。」我不需瓶花爐煙，只消把兒時所唱的許多歌溫習一遍，二十五年前的童心可以全部覓得回來了。

這恐怕不是我一人的特殊情形。因為講起此事，每每有人真心地表示同感。兒時的同學們同感尤深，有的聽我唱某曲歌，能歷歷地說出當時唱歌教室裡的情況來，使滿座的人神往於美麗的憧憬中。（豐子愷〈兒童與音樂〉）

❖誰謂荼苦？其甘如薺

大家都說「荼」這種野菜是很苦的，然而，比之此刻心中的愁苦，那味覺上的「荼」苦，可比得上「薺」菜的甘甜了。

【作者與詩詞】

出自《詩經・邶風・谷風》：

習習谷風，以陰以雨，黽勉同心，不宜有怒。采葑采菲，無以下體？德音莫違，及爾同死。行道遲遲，中心有違，不遠伊邇，薄送我畿。誰謂荼苦？其甘如薺；宴爾新昏，如兄如弟。涇以渭濁，湜湜其沚。宴爾新昏，不我屑以。毋逝我梁，毋發我笱。我躬不閱，遑恤我後！就其深矣，方之舟之；就其淺矣，泳之游之。何有何亡？黽勉求之。凡民有喪，匍匐求之。不我能慉，反以我為讎。既阻我德，賈用不售。昔育恐育鞫，及爾顛覆。既生既育，比予于毒。我有旨蓄，亦以禦冬，宴爾新昏，以我御窮。有洸有潰，既詒我肄。不念昔者，伊余來塈。

【名家例句】

推想到世間大小、高低、長短、厚薄、廣狹、肥瘦，以致貧富、貴賤、苦樂、勞逸、美醜、賢愚，都不是絕對的，都是由「比較」而來的。而且「比較」之力偉大得極，一切人生的不滿足也都是由於比較而生。……「誰謂茶苦」，在「比較」之下，「其甘如薺」，反轉來說，「誰謂薺甘」，在「比較」之下，「其苦如茶」。人的生活，有了「等差」，便有「比較」，有了「比較」，便有「苦樂」，有了「苦樂」，便有「問題」。（豐子愷〈比較〉）

雖未量歲功，即事多所欣

春天裡農事方興，處處是新生的綠苗，滿滿的生機，雖然尚未能估量這一年的收成將如何，然而眼前所見皆是令人欣悅的新氣象。

【作者與詩詞】

陶淵明〈癸卯歲始春懷古田舍〉：

先師有遺訓，憂道不憂貧。瞻望邈難逮，轉欲
志長勤。秉耒歡時務，解顏勸農人。平疇交遠風，
良苗亦懷新。雖未量歲功，即事多所欣。耕種有
時息，行者無門津。日入相與歸，壺漿勞近鄰。
長吟掩柴門，聊為隴畝民。

【名家例句】

在不妨礙實際生活的範圍內，能酌取藝術的非功利的心情來對付人世之事，可使人的生活溫暖而豐

富起來，人的生命高貴而光明起來。所以說，遠功利，是藝術修養的一大效果。……陶淵明《躬耕》詩有句云：「雖未量歲功，即事多所欣」，便是在功利的工作中酌用非功利的態度的一例。（豐子愷〈藝術的效果〉）

2 生活餘暇

❖獨釣寒江雪

柳宗元因為政治因素，被貶謫於南方瘴癘之地，也留下許多「長歌之哀過乎慟哭」的詩文，這些充滿山水情味的詩歌和遊記，在澹遠閑雅的風格下，寄寓了他沉鬱幽深的心境。這首〈江雪〉，正是以荒寒之境，託寓其身心「千萬孤獨」的一首經典詩篇。

【作者與詩詞】

出自柳宗元〈江雪〉：

千山鳥飛絕，萬徑人蹤滅。孤舟蓑笠翁，獨釣寒江雪。

柳宗元是中唐著名詩人和文學家，與韓愈共同提倡「古文運動」，影響中唐之後直到宋代整個人文氛圍，文壇地位與韓愈齊名，世稱「韓柳」，同列「古文八大家」之一。

【名家例句】

後來我長大了，赴他鄉入學，不復有釣魚的工夫。但在書中常常讀到讚詠釣魚的文句，例如什麼「獨釣寒江雪」，什麼「漁樵度此身」，才知道釣魚原來是很風雅的事。後來又曉得有所謂「游釣之地」的美名稱，是形容人的故鄉的。我大受其煽惑，為之大發牢騷我想釣魚確是雅的，我的故鄉，確是我的游釣之地，確是可懷的故鄉。（豐子愷〈憶兒時〉）

❖無花無酒過清明

清明是前人重要的節日，清明時節，春暖花開，也是紅男綠女踏青出遊的時候。古人詩歌或小說中常有這類親友相聚宴遊的描述。因此在這裡，詩人講「無花無酒過清明」，便格外襯托出蕭然寂寥的情調。

【作者與詩詞】

王禹偁〈清明感事〉，三首之一：

無花無酒過清明，興味蕭然似野僧。昨夜鄰家乞新火，曉窗分與讀書燈。

王禹偁，字元之，北宋濟州鉅野（今山東巨野）人。詩文有白居易清新暢達的風貌，是北宋初年詩文革新的名家之一。

【名家例句】

戒酒後另添了種生活興味，就是持戒的興味。喝在未戒酒時，白天若得兩頓酒，晚上便會歡喜滿足地就寢；在戒酒之後白天若得持兩會戒，晚上也會歡喜滿足地就寢。性質不同，其為興味則一。但不久我的戒酒就同除葷一樣地若無其事。我對於「綠蟻新醅酒，紅泥小火爐。晚來天欲雪，能飲一杯無？」一類的詩忽然失卻了切身的興味。但在另一類的詩中也獲得了另一種切身的興味。這種興味若何？一言難盡，大約是「無花無酒過清明」的野僧的蕭然的興味罷。（豐子愷〈素食之後〉）

野航恰受兩三人

這是在抒寫田園自然風光時，在「平澹」的表象後，不同的意趣。

【作者與詩詞】

出自杜甫〈南鄰〉詩：

錦里先生烏角巾，園收芋粟不全貧。慣看門戶兒童喜，得食階除鳥雀馴。秋水纔深四五尺，野航恰受兩三人。白沙翠竹江村暮，相對柴門月色新。

一如我們對詩聖杜甫「冠蓋滿京華，斯人獨憔悴」的印象，杜甫在詩歌中從不吝於描寫貧病，而當我們仔細欣賞他的詩歌時，會發現他的田園之「樂」往往是從一種否泰相對的心態轉折之後得來，這是杜詩比較深曲而非悠閒曠達的特殊趣味。如這聯「秋水纔深四五尺，野航恰受兩三人」，便是在悠閒的風貌下，別有一種「點滴在心頭」的意蘊。

【名家例句】

此情此景，現在回想了不但可以神往，還可以憑著追憶而寫幾幅畫，吟幾首詩呢。因為那種船的座位好，坐船人的姿勢也好；搖船人寫意，坐船人更加寫意；隨時隨地可以吟詩入畫。「野航恰受兩三人」。「恰受」兩字的狀態，在這種船上最充分地表現著。（豐子愷〈西湖船〉）

時人不識余心樂，將謂偷閒學少年

理學家多不喜描寫風花雪月的詩詞，比較嚴肅的程頤（程顥之弟）甚至還說過：「這等閒言語，道他做甚？」不過當他們偶爾作起小詩，把理性之學化成詩趣時，也有一些出色的作品，程顥這首〈春日偶成〉是其中之一，抒寫理學家發自內心，欣賞生活點點滴滴的趣味。

【作者與詩詞】

出自程顥〈春日偶成〉：

雲淡風輕近午天，傍花隨柳過前川。時人不識余心樂，將謂偷閒學少年。

程顥，字伯淳，北宋洛城伊川人，生於宋仁宗明道元年，卒於宋神宗元豐八年。程顥是北宋著名的理學家，與其弟程頤並稱「二程」。本詩如朱熹的〈觀書有感〉：「半畝方塘一鑑開，天光雲影共徘徊，問渠哪得清如許，為有源頭活水來。」皆是理學家筆下膾炙人口的詩歌。

【名家例句】

我的書架上陳列了許多靜物莫特爾。有憑，有甕，有碗，有盆，有盤，有缽，有玩具，有花草，在別人看來大都不值一文，在我看來個個有靈魂似的。我時時拿它們出來經營布置。左眺右望，遠觀近察。別人笑我，真是「時人不識余心樂」啊！（豐子愷〈寫生世界〉）

❖江流石不轉，遺恨失吞吳

傳聞中，孔明在三峽灘頭佈設了「八陣圖」，阻擋了孫吳驍勇精銳的水師，鞏固了蜀漢能夠與二強鼎立的局勢。然而這神奇的八陣圖，三國之後，已難知究竟，望著亙古長流的湍湍江水，詩人只能為心目中的歷史英雄感嘆著形勢不由人而功業未竟的遺憾。

【作者與詩詞】

出自杜甫〈八陣圖〉：

功蓋三分國，名成八陣圖。江流石不轉，遺恨失吞吳。

三國人物的形象，在杜甫所處的唐代，尚未像明代之後的單一和固著，因此，諸多英雄各有多種視角的褒貶，各有多歧多樣的形象。而孔明，在當時，也還未成為三國最著稱的人物。然而，鑄就了孔明獨出於其他英雄之上，成為三國最卓犖動人的形象，杜甫許多詠諸葛的詩句，發揮了最大的感染力。後來小說詞曲所詠唱的「諸葛丞相」，幾乎可說是以杜甫詠孔明的詩歌形象為原型。

【名家例句】

棋局中無盡的紛亂，大師心中的棧道總是引導眾生體驗死生得失的答案，通幽之境遇之匪深，即之愈稀，每每重複，會心無限。但在我的沉吟中，不覺西風換世，人潮散後，中年獨對一盤殘棋，尚未憬悟的，是棋理還是人生？時下的年輕高手，一一推翻了當年的思考，譏議那些在我心中坐照入神的著法——原來「江流石不轉」只是一個浪漫的情懷。瑩圓涵幽的舊價值已然撲破，新的圍棋強調速度與力量，追求效率而非美感。故我仍癡心於那些古譜，孜孜學習早已被人揚棄的手法，對錯誤仍堅持明知故犯——因那時代淘汰的真諦，是曾落在我少年春衫上的舊香。（徐國能〈夏日清歌——何處清歌可斷腸，經年止酒賸悲涼〉）

三 論「文學藝術」

1 文學評論

❖餘霞散成綺，澄江靜如練

薄暮時分，從京城附近的山上遠望長安，天邊的晚霞飛散如絲，俯視銀色的江面好比一疋蜿蜒廣闊的絲帛，潔白澄靜。

【作者與詩詞】

出自謝朓〈晚登三山還望京邑〉：

灞涘望長安，河陽視京縣。白日麗飛甍，參差皆可見。餘霞散成綺，澄江靜如練。喧鳥覆春洲，雜英滿芳甸。去矣方滯淫，懷哉罷歡宴。佳期悵何許，淚下如流霰。有情知望鄉，誰能鬒不變？

謝朓，字玄暉，南朝宋陳郡陽夏（今河南太康）人。生於南朝宋孝明帝大明八年，卒於齊明帝建武元年。南朝最著名的詩人有「大謝」「小謝」，前者為眾人熟知的謝靈運，後者則為謝朓，兩人詩風對於唐朝山水自然詩歌都有很大的影響。謝朓詩清麗俊逸，李白尤其欣賞他，「蓬萊文章建安骨，中間小謝又清發」，「解道澄江靜如練，令人常憶謝玄暉」，指的都是他。當中的「澄江靜如練」，就是出自這首〈晚登三山還望京邑〉，「餘霞散成綺，澄江靜如練」，遂成了南朝山水詩的代表名句。

【名家例句】

陳之藩早期的散文，比如《旅美小簡》，語言華麗多姿，而情感澎湃，沛然莫之能禦。問題思考的層次分明，表達的手法漂亮，展露出陳氏在文學創作上的才華，機鋒處處。但後期的作品，尤其是《思與花開》中的文章，一如滿天的華采隱隱收攏在浩渺的煙波之中，清光凝定的氣派，令人想起「餘霞散成綺，澄江靜如練」。（童元方〈好奇與賞美——陳之藩散文的科學心及詩情〉）

❖尋常一樣窗前月，才有梅花便不同

杜耒最有名的作品應是本文所引的這首〈寒夜〉詩，除了「尋常一樣窗前月，才有梅花便不同」，常為文人引用，認為頗得藝術之意。

【作者與詩詞】

杜耒〈寒夜〉：

寒夜客來茶當酒，竹爐湯沸火初紅。尋常一樣窗前月，才有梅花便不同。

杜耒，字子野，號小山，宋代南城（今數江西）人。他另有一詩人軼事，亦為人樂道。出自《梅詩話》記載，杜耒向當時有名的詩人趙師秀問「句法」（宋代詩人有好談「句法」的風氣）。趙師秀給了一個可以呼應他這名句的答覆：「但能飽吃梅花數斗，胸次玲瓏，自能作詩」。

【名家例句】

「尋常一樣窗前月，才有梅花便不同。」不同在於何處？我們只能感到而不能說出。但僅乎像吃糖一般地感到一下子甜，而無以記錄站在窗前所切實地經驗的這微妙的心情，我們總不甘心。於是就有聰明的人出來，煞費苦心地設法表現這般心情。這等人就是藝術家，他們所作的就是藝術。（豐子愷〈從梅花說到藝術〉）

籬角黃昏，無言自倚修竹

南宋詞人姜夔，本身妙解音律，他的詞，一向韻律諧和，格調高雅清空。這首〈疏影〉，和前一首介紹過的〈暗香〉，是學生之作。題面雖是詠物，然而「無言」隨後的一段段典故都涵蘊著淡淡思慕的幽人深致，使得無論「無言自倚修竹」的是梅花，還是暗喻與之「客裡相逢」的詩人，都使這兩闋詞超脫了一般詠物的格局，而在淡雅空靈中，情韻悠悠。而這恰正是「梅花」殊勝之處。

【作者與詩詞】

出自姜夔〈疏影〉：

苔枝綴玉。有翠禽小小，枝上同宿。客裡相逢，籬角黃昏，無言自倚修竹。昭君不慣胡沙遠，但暗憶、江南江北。想佩環、月夜歸來，化作此花幽獨。猶記深宮舊事，那人正睡裡，飛近蛾綠。莫似春風，不管盈盈，早與安排金屋。還教一片隨波去，又卻怨、玉龍哀曲。等恁時、重覓幽香，已入小窗橫幅。

【名家例句】

「籬角黃昏，無言自倚修竹。」可使人想起歲寒三友圖的一部分，讀到「已入小窗橫幅」，方才活現地在眼前呈出一幅疏影夭嬌的梅花圖。然而我們在「暗香」、「疏影」中所見的梅花，都只是一種幻影，不是像看圖地實際感覺到梅花的形與色的。……繪畫與雕刻確是訴於感覺的藝術，但是文學並不訴於感覺。文學只是用一種符號（文字）來使我們想起梅花的印象。（豐子愷〈從梅花說到藝術〉）

❖江畔何人初見月，江月何年初照人

這是一首「開天闢地」一般的名句。在它之前，有屈原的〈天問〉，對蒼天發出撼人心魂的千古叩問；然而，從漢末文人詩歌的傳統建立以來，雖不乏富含思古及歷史情感的抒寫，卻少有思忖人存在於自然宇宙間反思情懷的「問天」之作，而在初唐，我們見到了張若虛這首〈春江花月夜〉和陳子昂的〈登幽州臺歌〉，兩首一新氣象與眼界之作。它的發問是「開天闢地」的，它的思緒和情懷也是。

【作者與詩詞】

張若虛〈春江花月夜〉：

春江潮水連海平，海上明月共潮生。灩灩隨波千萬里，何處春江無月明。江流宛轉繞芳甸，月照花林皆似霰。空裡流霜不覺飛，汀上白沙看不見。江天一色無纖塵，皎皎空中孤月輪。江畔何人初見月，江月何年初照人。人生代代無窮已，江月年年祇相似。不知江月待何人，但見長江送流水。白雲一片去悠悠，青楓浦上不勝愁。誰家今夜扁舟子，何處相思明月樓。可憐樓上月裴回，應照離人妝鏡臺。玉戶簾中卷不去，擣衣砧上拂還來。此時相望不相聞，願逐月華流照君。鴻雁長飛光不度，魚龍潛躍水成文。昨夜閒潭夢落花，可憐春半不還家。江水流春去欲盡，江潭落月復西斜。斜月沈沈藏海霧，碣石瀟湘無限路。不知乘月幾人歸，落月搖情滿江樹。

張若虛，初唐時揚州人，生卒年不詳。他流傳於世的作品只有《全唐詩》中的兩首詩，其中一首就是這首〈春江花月夜〉。然而這首詩被後來詩家視為唐詩中華美流麗的代表作品。

六朝舊時明月，清夜滿秦淮

這是一首帶有晚唐懷古風味的小詞。晚唐詠古或懷古的對象，主要便是「六朝」，六朝金粉所在，詠秦淮、詠鍾山，晚唐五代詩詞已不乏名作。這些晚唐以來的懷古詩，最動人的成就，便是如何描寫可感的眼前光景，而映照出思古和當下情境交融的悵惘心緒，仲殊此作，便有這樣的晚唐氣韻，不落陳窠，寫景自然而別有風情。

【作者與詩詞】

出自仲殊〈訴衷情〉（建康）：

鍾山影裡看樓臺。江煙晚翠開。六朝舊時明月，清夜滿秦淮。寂寞處，兩湖迴。黯愁懷。汀花雨細，水樹風閒，又是秋來。

仲殊，字師利，北宋安州（今湖北安陸）人。時有文名，與蘇軾常有往來。

【名家例句】

又如月，若用非藝術的眼光看，也只是地球的衛星，陰曆月份的標準。這便離開月的本身，轉到他的作用關係上去。藝術的想像就不然，專就月亮本身著想。故詩人說：「江畔何人初見月，江月何年初照人」「六朝舊時明月，清夜滿秦淮」這纔是為月本身寫照。這種寫法對於讀者有多麼偉大深刻的啟示。（豐子愷〈藝術的眼光〉）

惟有舊巢燕，主人貧亦歸

詩句以花開引蝶，花落蝶飛開頭，是能夠包含許多想像的首聯，它可以是時節或歲月的感慨，可以是即目即景的描寫，還可以有各種引申，讀者可以想像，如果是風格強烈的不同的詩人（如杜甫、李商隱），下兩聯會怎麼接？

在這個開放的首聯之下，于濆以年年回到舊巢的燕子作對比，「主人貧亦歸」，於是整個隱喻人事涼薄的寓意在這裡朗現出來。古典詩歌中，絕句是最簡短的四句形式，然而在這麼小的篇幅空間中，詩人透過了簡單的對照，讓意義內容有了一開一收的變化，使詩歌也能具有敘事之類的曲折，這也是字面意義之外，可以進一步賞析的趣味。

【作者與詩詞】

于濆〈對花〉（一作武瓘詩，題云〈感事〉）：

花開蝶滿枝，花落蝶還稀。惟有舊巢燕，主人貧亦歸。

于濆，字子漪，約唐僖宗乾符初年前後在世。

岸花飛送客，檣燕語留人

在可以用白話譯解的「翻譯」外，詩歌形式上有許多值得玩味的地方。

其中之一是語法。杜甫，所以為詩中聖手，在於他在許多面向上，都開創或拓展出精采的成就，語法，就是他常令詩評家讚嘆不置的一項標竿。杜詩中有許多令人意想不到，或看似平常、細思才發現其超乎尋常的奇特語句。

這種奇特新穎，有時是「詭論」式的看似不合邏輯卻很有道理的「奇趣」，這是蘇軾最擅長的；有時則是語法上「居然能這樣用」的一新耳目之感，杜甫開拓極多。讀者可以細細品味這聯「岸花飛送客，檣燕語留人」，意思雖平常，但經過這樣的語法一表現，語言的精緻運用，更巧妙地點醒了相銜接的下一聯「賈傅才未有，褚公書絕倫」，這是杜詩所示範的語言的「活」。

【作者與詩詞】

出自杜甫〈發潭州〉：

夜醉長沙酒，曉行湘水春。岸花飛送客，檣燕語留人。賈傅才未有，褚公書絕倫。高名前後事，回首一傷神。

【名家例句】

在中國畫論中，即所謂「遷想妙得」。就是把我的心移入於對象中，視對象為與我同樣的人。於是禽獸、草木、山川、自然現象，皆有情感，皆有生命。所以這看法稱為「有情化」，又稱為「活物主義」。畫家用這看法觀看世間，則其所描寫的山水花卉有生氣，有神韻。中國畫的最高境界「氣韻生動」，便是由這看法而達得的。不過畫家用形象、色彩來把形象有情化，是暗示的；即但化其神，不化其形的。故一般人不易看出。詩人用言語來把物象有情化，明顯地直說，就容易看出。例如禽獸，用日常的眼光看，只是愚蠢的動物。但用詩的眼光看，都是有理性的人。如古人詩曰：「年豐牛亦樂，隨意過前村。」又曰：「惟有舊巢燕，主人貧亦歸。」推廣一步，植物亦皆有情。故曰：「岸花飛送客，檣燕語留人。」（豐子愷〈藝術的效果〉）

相看兩不厭，只有敬亭山

詩人講求新意，除了上述的思理和語法的出奇之外，還有一種，是不用奇句奇思，而在意思的轉折間，自然地就造就了不凡的趣味。此詩前兩句營造了高遠的意境，然而這仍可以用在許多名山勝景與心境的描寫，後一聯尤為出奇，不費一筆一毫描寫敬亭山獨特的景物，就光用「相看兩不厭」，一語就收盡了敬亭山（與「我」）出塵又會心的獨特韻味。

【作者與詩詞】

出自李白〈獨坐敬亭山〉：

眾鳥高飛盡，孤雲獨去閒。相看兩不厭，只有敬亭山。

李白被稱為「謫仙」，主要倒不在詩中有「仙氣」等求仙嚮往，更重要的是，在行雲流水一般自然簡易的筆法中，不斷煥發雋永耐讀的情味，便如此詩。

人心勝潮水，相送過潯陽

這兩句算是一則小小的「翻案」文章。一般在詩文中，以物來比況人心或者境遇時，多半有人不如物的感嘆，例如「早知潮有信，嫁與弄潮兒」（唐詩）、「世味年來薄似紗」（宋詩）這類的比擬，往往有「（人）不如（物）」的用意。而皇甫冉這首詩，一反常見的感慨，以潮水比擬人心的情深義重，就好比李白「桃花潭水深千尺，不及汪倫送我情」，別有詩人豁達卻深摯的情味。

【作者與詩詞】

皇甫冉〈送王司直〉（一說是劉長卿或戴叔倫詩）：

西塞雲山遠，東風道路長。人心勝潮水，相送過潯陽。

皇甫冉，字茂政，唐代潤州（今鎮江）丹陽人。約生於唐玄宗開元五年，卒於唐代宗大歷五年。

春風知別苦，不遣柳條青

詩題有趣，而李白也為這「勞勞」亭下了貼切的註解——「天下傷心處」，「勞勞」兩字，道盡「悲莫悲兮生別離」之苦。因此下聯接著把這「勞勞」具象化——彷彿不教人們再有送別的離情之苦，連春風都不再拂送讓人可以折柳送別的青青柳條。（古人有「折柳」送別的習俗）

【作者與詩詞】

出自李白〈勞勞亭〉：

天下傷心處，勞勞送客亭。春風知別苦，不遣柳條青。

【名家例句】

礦物亦皆有情，故曰：「相看兩不厭，只有敬亭山。」又曰：「人心勝潮水，相送過潯陽。」更推廣一步，自然現象亦皆有情。故曰：「舉杯邀明月，對影成三人。」又曰：「春風知別苦，不遣柳條青。」此種詩句中所詠的各物，如牛、燕、岸花、汶上柳、敬亭山、潮水、明月、春風等，用物我對峙的眼光看，皆為異類。但用物我一體的眼光看，則均是同群，均能體恤人情，可以相見、相看、相送，甚至於對飲。這是藝術上最可貴的一種心境（豐子愷〈藝術的效果〉）

綠蠟春猶捲

小說中賈寶玉詩本作「綠玉春猶捲」，寶釵幫他改了一字，「綠蠟春猶捲」，句意更加秀異不俗。《紅樓夢》是古典小說中將詩歌與小說結合得最為精采而自然的作品，書中有許多詩詞，都有詩人之作的水準，也常被戲曲採用，是完整的紅樓美學之一環。

【作者與詩詞】

出自曹雪芹《紅樓夢》，詩題是〈怡紅快綠〉：

深庭長日靜，兩兩出嬋娟。綠蠟春猶捲，紅妝夜未眠。憑欄垂絳袖，倚石護青煙。對立東風裏，主人應解憐。

曹雪芹，名霑，字夢阮，號雪芹，清代滿州正白旗人。生年約當清聖祖康熙五十四年，卒於清高宗乾隆二十七年。《紅樓夢》成書與流傳過程曲折，書如作者所言「於悼紅軒中披閱十載，增刪五次」，其間各版本已在坊間巷議傳鈔，而書名亦幾經變異，有《石頭記》、《情僧錄》、《風月寶鑑》、《金陵十二釵》等等。其後又有雪芹逝世時僅完成前八十回，後四十回疑為高鶚續成之爭議。而「紅學」更蔚為近代學術研究一大課題。《紅樓夢》成為中國小說一部集大成之作。而曹雪芹在書中所運用的各種寫作手法，除了包羅了歷代小說技巧之外，小說所揭示及表現的美學思考，往往已超出舊小說藩籬，新穎而豐富，與今天某些小說藝術的觀點甚至可以相映成趣。

【名家例句】

紅樓夢的研究日新月異，是否高鶚續書，已經有兩派不同的見解。也有主張後四十回是曹雪芹自己的作品，寫到後來撇開脂批中的線索，放手寫去。也有人認為後四十回包括曹雪芹的殘稿在內。自五四時代研究起，四十年來整整轉了個圈子。單憑作風與優劣，判斷後四十回不可能是原著或含有原著成份，難免主觀之譏。文藝批評在這裡本來用不上。事實是除了考據，都是空口說白話。我把寶玉的應制詩「**綠臘春猶捲**」斗膽對上一句「紅樓夢未完」，其實「未完」二字也已經成了疑問。（張愛玲〈紅樓夢未完〉）

篇終接混茫

這是杜甫寫給當時兩位大詩人高適、岑參的作品，在這裡推崇了兩位詩人的成就可以比得上六朝時候沈約、鮑照兩位文豪（杜甫喜歡以六朝重要的詩人來推許他同時代的詩人），形容他們偉大的作品用意愜當，靈機躍動，神采飛揚，寫作功力深厚，即使到了終篇，仍然元氣鼓盪，幾乎達到《莊子》所說的那亙古不朽的神人境界。

【作者與詩詞】

出自杜甫〈寄彭州高三十五使君適、虢州岑二十七長史參三十韻〉：

故人何寂寞，今我獨淒涼。老去才難盡，秋來興甚長。物情尤可見，辭客未能忘。海內知名士，雲端各異方。高岑殊緩步，沈鮑得同行。意愜關飛動，篇終接混茫。舉天悲富駱，近代惜盧王。似爾官仍貴，前賢命可傷。……

【名家例句】

但冥想與思考有別，思考是理性的，邏輯的，是既有經驗知識之延長，冥想則身外無物，體內無塵，是既有經驗知識之超脫，箇中滋味，寫詩寫小說的人大都親自體嘗。冥思也不等於我們常說的想像，而近於《文心雕龍》所說的「神思」，思上著一「神」字，就有了靈氣。……冥思正是一種「神遊」。杜甫說，他的詩「篇終接混茫」，冥思可能就是進入這個混茫的境界。作家冥想時還沒有作品，怎可說「篇終接混茫」呢？我的解釋是，我們讀書寫作，已知文學中有哪些東西，我們猜想文學之中一定「還」有我們不知道的東西，對創作者來說，那些東西不能用尋覓和思慮得來。冥想脫離一切「有」，忽然得到「前所未有」，唯有來自混茫，最後才可以歸於混茫，創新和自成一家，皆由此而出。（王鼎鈞〈作家常有的生活習慣〉）

❖語帶煙霞從古少，氣含蔬筍到公無

從前說詩歌作得高妙不俗，要「語帶煙霞」，然而從來就很少人能達到這個境界，僧人擺脫塵俗，應該是比較能夠追求這種境界的，然而僧人之詩卻又往往過於酸苦，帶著濃濃的蔬筍發酸的味道。你的詩歌既能夠高妙不俗卻又不帶酸氣，實在是極為難得！

【作者與詩詞】

出自於蘇東坡《贈詩僧道通》詩：

雄豪而妙苦而腴，祇有琴聰與蜜殊。語帶煙霞從古少，氣含蔬筍到公無。香林乍喜聞薝蔔，古井惟愁斷轆轤。為報韓公莫輕許，從今島、可是詩奴。

宋代整個社會是一種以文人為主體的文化社會，透過詩話中蘇軾的言論與交遊，可以看到當時文人文藝許多特殊的面向，比如此詩中很會作詩又常與文人往來的僧人，也是當時文壇有趣的一種景觀。

【名家例句】

東坡說道通的詩沒有「蔬筍」氣，也就沒有「酸餡氣」，和尚修苦行，吃素，沒有油水，可能比書生更「寒」更「瘦」；一味反映這種生活的詩，好像酸了的菜饅頭的餡兒，乾酸，吃不得，聞也聞不得，東坡好像是說，苦不妨苦，祇要「苦而腴」，有點兒油水，就不至于那麼撲鼻酸了。這酸氣的「酸」還是從「聲酸」來的。而所謂「書生氣味酸」該就是指的這種「酸餡氣」。和尚雖苦，出家人原可「超然自得」，卻要學吟詩，就染上書生的酸氣了。書生失意的固然多，可是嘆老嗟卑的未必真的窮苦就無聊，無聊就作成他們的「無病呻吟」了。（朱自清〈論書生的酸氣〉）

絳幘雞人報曉籌

從前宮中報時由戴著紅色頭巾的衛士投送更籌，並在清晨雞鳴時高呼報曉，稱為「雞人」，這一句形容雞人報曉之後，宮中開始忙碌起來，準備隆重恢宏的早朝事宜。

【作者與詩詞】

出自王維〈和賈舍人早朝大明宮之作〉：

絳幘雞人報曉籌，尚衣方進翠雲裘。九天閶闔開宮殿，萬國衣冠拜冕旒。日色纔臨仙掌動，香煙欲傍袞龍浮。朝罷須裁五色詔，佩聲歸向鳳池頭。

積雨空林煙火遲

宿雨連日，清寂的林子裡水氣深濃，有人點燃了早炊的煙火，炊煙緩緩地升了起來。

【作者與詩詞】

出自王維〈積雨輞川莊上作〉：

積雨空林煙火遲，蒸藜炊黍餉東菑。漠漠水田飛白鷺，陰陰夏木囀黃鸝。山中習靜觀朝槿，松下清齋折露葵。野老與人爭席罷，海鷗何事更相疑。

辭根散作九秋蓬

意謂家鄉連年遭遇災亂，我們兄弟離散，各在一方，連世傳的家業也顧不得了。正好似那秋天的蓬草，離了本根，隨風飄散四方。

【作者與詩詞】

出自白居易〈自河南經亂，關內阻飢，兄弟離散，各在一處，因望月有感，聊書所懷，寄上浮梁大兄、於潛七兄，烏江十五兄，兼示符離及下邽弟妹〉：

時難年荒世業空，弟兄羈旅各西東。田園寥落干戈後，骨肉流離道路中。弔影分為千里雁，辭根散作九秋蓬。共看明月應垂淚，一夜鄉心五處同。

【名家例句】

寫舊詩提供了我一個反省的起點：我究竟生活在什麼樣的語言之中呢？我既不是生活在「絳幘雞人報曉籌」的環境裡，也沒有「積雨空林煙火遲」的興會，所以就算模仿不同面目的王維，也就是陳其腔、濫其調而已。我既不是生活在「時難年荒世業空」的時代之中，儘管親切地明白「辭根散作九秋蓬」的寄託，真要感嘆起家國人事來，卻不敢像白居易這樣大口喘氣兒。杜甫、李白早已盡道之詞，我要是隨著學舌，招行家一眼看穿，還得落人以續貂之譏；連黃庭堅、蘇東坡都不能創格之語，我要是敢信口開闔，強吟生造，豈不貽人以雕蟲之笑？所以說：君子有三畏，語詞其一也。（張大春〈我高興〉）

江山代有才人出，各領風騷五百年

清代大詩人趙翼論詩主張「爭新」、「獨創」，這首論詩詩淺顯易懂，秉持「一代有一代的文學」這樣的看法，認為每一個時代都應該創造生機，展開新的風氣。

【作者與詩詞】

出自趙翼〈論詩〉絕句：

李杜詩篇萬口傳，至今已覺不新鮮江山代有才人出，各領風騷數百年。

趙翼，字雲崧，號甌北，清江蘇常州人。生於世宗雍正五年，卒於仁宗嘉慶十九年，是和袁枚、蔣士詮齊名的「乾隆三大家」。

【名家例句】

終於有人問他（胡適）對文藝運動的看法，他很認真的說，「文藝運動要由大作家領導」。這是他第一次談到文藝，只有三言兩語，那時我是個文藝青年，心裡很納悶，政府正在搞反共文藝，大作家正是被領導的對象，我不懂他是甚麼意思。終於有一天我明白了，他的看法是文學史的看法，「江山代有才人出，各領風騷五百年」。從他的角度看，台灣文藝運動的領導人恐怕要數張愛玲了。（王鼎鈞〈我從胡適面前走過〉，《文學江湖》）

不廢江河萬古流

這是詩聖杜甫評論詩歌的名句，這首詩在反思當時（杜甫時當盛唐中唐）人們對於初唐詩歌成就的評議，杜甫認為時人對於王楊盧駱等初唐四位傑出詩人的評價太過粗率，近乎輕詆，而寫下了他這番評論。這六首評論詩歌之詩歌闡明了他寫作與議論的立場：「不薄今人愛古人」，以及「轉益多師是我師」。在這立場下，他認為像王楊盧駱這般引領風騷的前賢，他們的成就，將不會及身而止，而如江河流貫萬古不滅。

【作者與詩詞】

出自杜甫〈戲為六絕句〉六首之二：

王楊盧駱當時體，輕薄為文哂未休。爾曹身與名俱滅，不廢江河萬古流。

【名家例句】

濟茲墓相去不遠，有墓碑，上面刻著道：

這座墳裏是英國一位少年詩人的遺體；

他臨死時候，想著他仇人們的惡勢力，痛心極了，

叫將下面這一句話刻在他的墓碑上：

「這兒躺著一個人，他的名字是用水寫的。」

末一行是速朽的意思；但他的名字正所謂「不廢江河萬古流」，又豈是當時人所料得到的。（朱自清〈羅馬〉）

照人膽似秦時月

這是龔自珍贈予黃蓉石的一首詩，讚譽黃蓉石為人既狂既狷，亦豪俠亦溫文。而這裡用以比喻的「秦時月」兼有兩義：一是由「秦時明月漢時關」發想，氣象渾樸而高古；另一則是扣住「照人膽」來說的，相傳秦始皇有一面明鏡，能照見人五臟六腑，疾病所在，無不明察，人有邪心，照鏡則膽張心動。從這一面比喻而來的「照人膽似秦時月」，講的是豪俠的峻直不欺罔。

【作者與詩詞】

出自龔定庵《己亥雜詩》：

不是逢人苦譽君，亦狂亦俠亦溫文。照人膽似秦時月，送我情如嶺上雲。

【名家例句】

台北文風一度如劍者當令，現在似乎如盾如鏡為主流，劍和盾都能折光投影，亦猶「鏡」也，終不及明鏡清楚親切。楊氏專欄有時鋒利能切割，有時敦厚能整合，大部分還是以人為鑑，鑑古思今，大大增加我們對人生世事的能見度，他的風格不在痛快淋漓，時見古道熱腸。「照人膽似秦時月」，我讀他的專欄，常常想到龔定庵的這句詩。（王鼎鈞〈照人膽似秦時月〉）

嶺外音書絕，經冬復立春，近鄉情更怯，不敢問來人

長年旅居在南嶺以南的兩粵之地，和家鄉久已失去聯絡。過了這個冬天，春天又將來到，而今我渡過漢水，終於快接近家鄉了，心裡面卻有些怯情，見到了從家鄉方向過來的人，竟不敢開口問問家鄉的消息了。

【作者與詩詞】

李頻〈渡漢江〉：

嶺外音書絕，經冬復立春，近鄉情更怯，不敢問來人。

李頻，字德新，唐代壽昌人。生於唐憲宗元和十三年，卒於唐僖宗乾符三年。

漫卷詩書喜欲狂

多年的戰亂令杜甫寄居於四川，而今聽到官軍的捷報，已經收復了河南河北，想到能夠回到洛陽老家的田園，杜甫急著返鄉的狂喜之情，躍然紙上。這首詩歌選擇了一般詩歌少見的視角，寫倉促、寫造次的情態，試圖抓住「忽」聞喜訊時的當下感受，表現回鄉的渴望。

【作者與詩詞】

出自杜甫〈聞官軍收河南河北〉：

劍外忽傳收薊北，初聞涕淚滿衣裳。卻看妻子愁何在，漫卷詩書喜欲狂。白日放歌須縱酒，青春作伴好還鄉。即從巴峽穿巫峽，便下襄陽向洛陽。

【名家例句】

從作品方面說，體會眾生心的作家的作品，大都「富有客觀性」而「能代表眾人言」。……所謂「能代眾人言」者，例如某種情狀，眾人皆感到，但是說不出，文藝作者能說破它，使人聽了恍然大悟，欣然共鳴。這叫做能代眾人言。再舉絕詩為例：「嶺外音書絕，經冬復立春，近鄉情更怯，不敢問來人。」只是描寫久客還鄉時的一種心情而已。然而大家讀了很感動，我們為暴寇所迫而流亡在大後方的人，感動更深。勝利到來，大家都買棹東歸。「漫卷詩書喜欲狂，即從巴峽穿巫峽，便下襄陽向洛陽」的情景，就在眼前，當將近鄉關，喜懼交感，正有「不敢問來人」之情。此情我等都已感覺到，但是說不出，一經詩人代為道破，安得不起共鳴？（豐子愷〈文藝的不朽性〉）

關關雎鳩，在河之洲，窈窕淑女，君子好逑

這是詩經首章〈關雎〉篇，古人著書或傳疏，常以書中首章為全書之開宗明義，也因此，後來詩文中指稱《詩經》時，也常以「關雎」代之。《詩經》在傳統典籍中，具有兩種極為不同的身分。一是位居五「經」之一，具有崇高的學術地位，是所有經學家、道學家必講的經典；另一則是詩歌民謠的始祖，詩歌風謠中的抒情言情一脈，也就出自《詩經》主體的「國風」。

【作者與詩詞】

出自《詩經》〈關雎〉篇：

關關雎鳩，在河之洲；窈窕淑女，君子好逑。參差荇菜，左右流之；窈窕淑女，寤寐求之。求之不得，寤寐思服，悠哉悠哉，輾轉反側，參差荇菜，左右采之；窈窕淑女，琴瑟友之。參差荇菜，左右芼之，窈窕淑女，鍾鼓樂之。

【名家例句】

所以秩序本身是節奏、是韻律，是一種聲音跟聲音之間連結的關係。我們發現所有唱出來的歌聲、朗誦的詩句，都有音律、都有節奏。「關關雎鳩，在河之洲，窈窕淑女，君子好逑。」聽到我念出《詩經》的詩句，大家不管懂不懂得其中的意思，都會感覺到這首詩是由四個字四個字組成而且互相押韻——這就是節奏，這就是秩序。（蔣勳《美的覺醒》〈聽覺之美〉）

❖燕子飛時，綠水人家繞

蘇軾這首〈蝶戀花〉題目是「春景」，上闋詞句皆是形容氣候漸暖，開始進入柳絮楊花濛濛飛散的春末時節，「枝上柳綿吹又少」，關乎兩種微妙的暮春心緒，一是盛景將盡的微微惆悵，一則是濛濛飛絮般的莫名情懷，「天涯何處無芳草」一句在此接得巧妙，既承接了上闋春末的情緒，將其轉成天涯處處的青春芳馨，形成下闋的主題，完成了從詩人所見春景到善感多情的宛轉心曲。

【作者與詩詞】

出自蘇軾詞〈蝶戀花〉：

花褪殘紅青杏小。燕子飛時，綠水人家繞。枝上柳綿吹又少。天涯何處無芳草。牆裡鞦韆牆外道。牆外行人，牆裡佳人笑。笑漸不聞聲漸悄。多情卻被無情惱。

【名家例句】

「燕子飛時，綠水人家繞」，放在白話裡也是好句子，放在今天的流行歌裡，也一樣是好歌詞，卻平凡無奇，沒有一點困難費力。不用典故，沒有奇僻的字和韻。詩人看到風景，述說風景，風景自然到不需要妝點修飾。宋人美學每每說「平淡天真」，但書畫詩文上能做到的，其實沒有幾人。一賣弄就無法天真，一矯情刻意就無法平淡。

詩人在歲月裡走著，有一點感傷柳絮在風裡飄散，「吹」字用得極好，好像有一個無形的力量催促著時光。但是詩人本性是樂觀的，他一涉感傷，很快就轉圜出新的豁達——柳絮也是種子，不留戀枝頭，就飄撒向天涯。「天涯何處無芳草」，像自嘲，其實是領悟生命的擴大。柳絮飄散，失去的既不可得，自然天地之大，生命無處不在，柳絮也會天涯海角落土生根。風景的平鋪直敘，有了最後一句收尾，才有了提高，有了生命的意境，可以反覆沉緬了。（蔣勳〈天涯何處〉）

❖老驥伏櫪，志在千里

千里馬即使到了暮年，不再跋涉於戰場與道途，仍然不失馳騁遠途的意志；而英雄即使盛年不再，也常懷從前至今深謀遠圖的雄心壯志。

【作者與詩詞】

詩句出曹操〈步出夏門行〉第五章「龜雖壽」：

神龜雖壽，猶有竟時。騰蛇乘霧，終為土灰。老驥伏櫪，志在千里；烈士暮年，壯心不已。盈縮之期，不但在天；養怡之福，可得永年。幸甚至哉！歌以詠志。

曹操，字孟德，漢代沛國譙人。在《三國演義》之前，歷代對曹操的議論，猶有部分因時際會、「雄」勝於「奸」的評斷。相應於曹操霸主的地位，曹氏父子在文學上更是魏晉文學的翹楚，無論於功業、於文學，曹氏這首詩歌，作為詠志，確有一代英雄的氣格。

【名家例句】

〈步出夏門行〉是魏晉流行可以「被管弦」還加上歌唱、舞蹈的「相和大曲」，曲式結構一般分成豔、解、趨、亂四部分，「豔」是序曲，「解」是樂曲的本體，「趨」是快速、緊張、熱烈的部分，「亂」則是結束的段落。「豔」可以是唱段，也可以只是器樂演奏，音樂婉轉抒情，舞姿華麗優美。

〈步出夏門行〉首段〈豔〉：「雲行雨步，超越九江之皋。臨觀異同，心意懷游豫，不知當復何從？經過至我碣石，心惆悵我東海。」這是建安十二年曹操北征烏桓，消滅袁紹殘餘勢力，勝利班師途中登臨碣石山所作。超越九江之皋而心懷惆悵，豪邁裡有悵惘，是曹操詩最迷人處，更甚於他在這首詩末段裡的名句「老驥伏櫪，志在千里；烈士暮年，壯心不已」，回頭咀嚼「豔」，便不只是華麗優美而已了。（宇文正〈閱讀偶記／豔〉）

❖假作真時真亦假

曹雪芹經常藉著書中人當時當境的具象感想，抒發創作者對於人生、對於世界、甚至對於寫作這件事，種種後設的反思，這首對聯可作為作者以「太虛幻境」影射「大觀園」、賈府盛衰看，可作為影射整椿頑石天上人間的世界觀、人生觀來看，也可以作為作者自嘲自己刪削十年的一場創作癡夢看。

【作者與詩詞】

這聯詩句出自《紅樓夢》第一回及第五回「太虛幻境」門邊的對聯：

假作真時真亦假，無為有處有還無。

【名家例句】

張愛玲曾說年少時愛《聊齋》，年長後反而喜歡《閱微草堂筆記》，〈談看書〉中她說：「覺得《聊齋》比較纖巧單薄，不想再看，純粹記錄見聞的《閱微草堂》卻看出許多好處來，裡面典型十八世紀的道德觀，也歸之於社會學……有時候有意無意輕描淡寫兩句，反而收到含蓄的功效，更使異代的讀者感到震動。」V城四書我以為兼有《聊齋》與《閱微》的好處，寄託遙旨，掩映在地圖的、學術的、故事的、歷史的輕紗背後，假作真時真亦假，虛構的樂趣中埋藏著詩的真實，而使異地的讀者感到震動。（楊佳嫻〈文學書評／同城異夢〉）

❖大珠小珠落玉盤

白居易〈琵琶行〉，見上文。

這一段本是描寫琵琶樂音的名句，歷代詩人相當推崇，認為是以文字形容聲音極其傳神而動人的佳作。在以下範例中，冰心移作形容一點一滴採集下來，字字珠璣的小品文章。

【作者與詩詞】

出自白居易〈琵琶行〉：

……轉軸撥弦三兩聲，未成曲調先有情。弦弦掩抑聲聲思，似訴平生不得志。低眉信手續續彈，說盡心中無限事。輕攏慢撚抹復挑，初為霓裳後六么。大弦嘈嘈如急雨，小弦切切如私語。嘈嘈切切錯雜彈，大珠小珠落玉盤。間關鶯語花底滑，幽咽泉流水下灘。水泉冷澀弦疑絕，疑絕不通聲暫歇。別有幽愁暗恨生，此時無聲勝有聲。銀瓶乍破水漿迸，鐵騎突出刀槍鳴。曲終收撥當心畫，四弦一聲如裂帛。東舟西舫悄無言，唯見江心秋月白。

【名家例句】

這本《人生小品》是宮璽同志對大千世界的一木一石、一枝一葉、一點一滴、一鱗一爪、所見、所聞、所思、所想之後，寫集下來的。這見、聞、思、想，都祇是一閃念之間的事。一閃念也許祇是一秒鐘，寫下來也許祇是幾分鐘的事，這些事采集了下來，都成了「大珠小珠落玉盤」般的有聲有色的小品。（冰心《冰心作品第八卷》）

❖種豆南山下，草盛豆苗稀

田園詩人陶淵明描寫其耕讀於南山下的生活和志趣，雖然讀書人對於農耕，「不如老圃」，披星戴月勤於耕作，雜草總比收穫多，卻有著「不改其志」的愜意。

【作者與詩詞】

陶淵明〈歸園田居〉：

種豆南山下，草盛豆苗稀。晨興理荒穢，戴月荷鋤歸，道狹草木長，夕露沾我衣。衣沾不足惜，但使願無違。

❖感時花濺淚，恨別鳥驚心

百花奼紫嫣紅如感於時亂而墮淚斑斑，蟲鳴鳥喧更使愁亂之心倍加憂驚。

【作者與詩詞】

出自杜甫〈春望〉：

國破山河在，城春草木深。感時花濺淚，恨別鳥驚心。烽火連三月，家書抵萬金。白頭搔更短，渾欲不勝簪。

【名家例句】

中外文學裡從來不乏田園書寫，文學風景線上陶淵明耕讀的巨大身影我們實在很難視而不見，「種豆南山下，草盛豆苗稀。晨興理荒穢，戴月荷鋤歸，道狹草木長，夕露沾我衣。衣沾不足惜，但使願無違」，五柳先生那首言志之詩〈歸園田居〉著實道盡了田園文學的基本精神。……往日田園文學不外乎是「感時花濺淚，恨別鳥驚心」，藉由野草閒花自嘆身世，如今則是眼淚濺上的是什麼花、驚動的是什麼鳥，學名來歷都要摸得清清楚楚。觀其顏色形狀，來張寫生素描？很好，然而現在這樣可能都還不夠，若是能自己植栽更是再好不過了。蔡珠兒和閻連科日前出版《種地書》和《711號園：北京最後的最後紀念》，各自交出自己在香港和北京兩地種菜的心得筆記。（李桐豪〈書市觀察／都耕與都更〉）

2 書寫與修辭分析

舉杯邀明月，對影成三人。

一個人賞花獨飲，我舉杯邀請天上明月，明月無語，月光在地上投下我的影子，一同成了我飲酒的同伴。

【詩詞與作者】

出自李白〈月下獨酌〉四首之一：

花間一壺酒，獨酌無相親。舉杯邀明月，對影成三人。月既不解飲，影徒隨我身。暫伴月將影，行樂須及春。我歌月徘徊，我舞影零亂。醒時同交歡，醉後各分散。永結無情遊，相期邈雲漢。

李白〈月下獨酌〉寫了四首，後三首寫的是「酌」，表現了他「酒仙」的一面；唯有這一首，寫盡了「月下獨酌」的意趣，「詩仙」的性情也在這裡，整首詩歌情態的表現，就是從「獨酌無相親」到「舉杯邀明月」展開來，開展出詩人獨特的生命情態。

【名家例句】

她的妙處是在替桃花設想的一種詩意的感想，假想它是有感覺的，甚至有「慘愁欲絕」之概，這感想已鄰近于泛神論。同樣的技巧，不如說態度在一切中國佳構詩句中所在都有。即似李白在他的大作裏頭有過這樣兩句：「暮從碧山下，山月隨人歸。」

又似他的那膾炙人口的名作《月下獨酌》便是這樣書法。

花間一壺酒，獨酌無相親。舉杯邀明月，對影成三人。月既不解飲，影徒隨我身。暫伴月將影，行樂須及春。我歌月徘徊，我舞影零亂。醒時同交歡，醉後各分散。永結無情游，相期邈雲漢！

這樣的寫法，已比較暗譬更進一步，她是一種詩意的與自然合調的信仰，這使生命隨著人類情感的波動而波動。（林語堂〈人生的盛宴〉）

❖曠野看人小，長空共鳥齊

岑參以邊塞詩馳名後世，邊塞詩在寫景方面的一大特色是雄渾壯闊，有許多從關塞或山嶺遠眺的景物描寫，相形之下，個別地景地物，便呈現出與平日不同的觀照之趣。古人有登高賦詩的傳統，而從東漢以來，這類登高之作，多半充溢著思鄉或前程之思。岑參此詩，詩題雖有故園之思，然而詩中並不特別發揮思鄉之情，而在三聯連續寫景之後，另有一種蒼穹之下，萬物俯首的情味。

【作者與詩詞】

岑參〈酬崔十三侍御，登玉壘山思故園見

寄〉：

玉壘天晴望，諸峰盡覺低。故園江樹北，

斜日嶺雲西。曠野看人小，長空共鳥齊。高山徒仰止，不得日攀躋。

【名家例句】

照遠近法之理，「凡物距離愈遠，其形愈小。」這種看法詩人也在應用。例如岑參的詩中，有這樣的句子：

曠野看人小，長空共鳥齊。檻外低秦嶺，窗中小渭川。

曠野中的人，及窗中望見的渭川，皆因對詩人的距離甚遠，故形狀甚小。「曠野看人小」一句，彷彿是遠近法理論中的說明文句。但寫景的妙處，就在乎這遠近法境地。（豐子愷〈文學的寫生〉）

❖窗中小渭川

這首詩歌和前一首一樣，都是登高望遠之作，所取景物，也是在遠近相形之下，形成與常情不同的觀照趣味。

【作者與詩詞】

岑參〈登總持閣〉：

高閣逼諸天，登臨近日邊。晴開萬井樹，愁看五陵煙。檻外低秦嶺，窗中小渭川。早知清淨理，常願奉金仙。

野曠天低樹，江清月近人

跟前面其他詩句運用遠眺的高低地勢造成對比的觀照效果，孟浩然這首詩則是運用自然景物間互相襯托：田野空曠，令遠方的天際線顯得比樹木還低，江水清澈，映現出月光分外明亮，似乎就在身邊一般。而在這種觀照效果之下，於是就更進一層地反襯出觀照者（詩人）客愁之「新」，不僅是日暮客居而添新愁，更有幾分人在陌生寂寥的情境下，感知感觸倍加新警敏銳的意涵。

山月臨窗近，天河入戶低

主題「高臥七盤」，由於景物和人的相對位置，有了與平常不同的變化，本來就產生了主觀上特殊的感覺，在高山上的「山月」、「天河」，給人的印象原就相當清晰而突出；然而作者更刻意運用了「臨窗近」、「入戶低」等動態的描述，倍加放大了原來主觀上的感覺而凸顯了語言修辭對想像的刺激作用。

【作者與詩詞】

孟浩然〈宿建德江〉：

移舟泊煙渚，日暮客愁新。野曠天低樹，江清月近人。

孟浩然，字浩然，唐代襄州襄陽人，生於武后永昌元年，卒於唐玄宗開元二十八年。孟浩然也是盛唐時期重要詩人，擅長田園山水詩篇，與王維並稱王、孟。

【作者與詩詞】

沈佺期〈夜宿七盤嶺〉：

獨遊千里外，高臥七盤西。山月臨窗近，天河入戶低。芳春平仲綠，清夜子規啼。浮客空留聽，褒城聞曙雞。

沈佺期是初唐重要詩人，他最重要的貢獻是促成了律詩格律的成熟，也就是唐代以後所謂的「近體詩」的格式。從六朝以來，詩人愈加留意到詩歌平仄對偶的形式講求，已漸漸朝著後來所謂的律詩絕句等格式要求發展，然而一直到初唐的沈佺期、宋之問的刻意鍛鍊，律詩格式才算固定下來。是確立詩歌形式的一大功臣。

【名家例句】

「窗中小渭川」一句更奇。以實物而論，渭川比較窗，其大豈止數千百倍？但照遠近法的規律，窗雖小而距離近，渭川雖大而距離遠，渭川便可以納入窗中而猶見其小。合於這種遠近法規律的詩句很多：

野曠天低樹，江清月近人。（孟浩然）

山月臨窗近，天河入戶低。（沈佺期）……（豐子愷〈文學的寫生〉）

❖樓上花枝笑獨眠

從詩經以來，古典詩詞裡有所謂「春女思，秋士悲」的傳統，到了唐代，由於士人也可以追求邊疆功名，邊塞詩興起，與之相關的閨怨詩也隨之盛行。「春思」的主題，於是也常與邊塞征戰有關。這一聯上一句「機中錦字」原有典故，指竇滔遭流放，其妻才女蘇氏織錦作回文詩之事，因此，上下兩句在一般的閨怨主題之外，還帶有一點劉克莊在宋詞裡所說的「易挑錦婦機中字，難得玉人心下事」的意味。

【作者與詩詞】

出自皇甫冉〈春思〉：

鶯啼燕語報新年，馬邑龍堆路幾千。家住秦城鄰漢苑，心隨明月到胡天。機中錦字論長恨，樓上花枝笑獨眠。為問元戎竇車騎，何時反旆勒燕然。

似曾相識燕歸來

詞本擅寫兒女情懷，這是唐末五代小詞的「本色」。南唐後主，境界已開，而到了北宋之後，更因為眾多詩人的開拓，使得格局更加寬廣，即使是以「婉約」著稱的詞風，也有許多思深結遠之作。晏殊即是宋初詞壇的典範人物之一。晏殊詞婉麗閒雅，每每令人悵惘無端，低迴不已。

【作者與詩詞】

晏殊〈浣溪紗〉：

一曲新詞酒一盃。去年天氣舊亭臺。夕陽西下幾時迴。無可奈何花落去，似曾相識燕歸來。小園香徑獨徘徊。

【名家例句】

繪畫的自然生靈化，限於抽象的。文學則不然，可以具體地用言語說出，切實地只是讀者，教他聯想活物而鑑賞自然。例如「樓上花枝笑獨眠」（皇甫冉），教人把花當做會笑的人看；「似曾相識燕歸來」（晏殊），教人把燕子當做相識的人看；「明月窺人人未寢」，教人把月當做會窺的人看。花，鳥與月，文學者最常把牠們比擬作人。因為他們對人最親近的緣故。（豐子愷〈文學的寫生〉）

3 音樂欣賞

❖此夜曲中聞折柳，何人不起故園情

笛聲有多美？抽象的樂音如何描述？「誰家玉笛暗飛聲」，先令人想像無限，「散入春風」，暗喻笛聲似飛花，芳馨動人，滿城飛花，更把一開始的想像，與可感的美麗意象繫聯起來。當飛花，笛聲，在想像空間中流動著，已經蘊蓄了飽滿的感知準備，於是，當這樂音中出現了熟悉的「折柳」（古來送別常以「折柳」寓意）這類的曲調時，如何不深深引動思情。

【作者與詩詞】

出自李白〈春夜洛城聞笛〉：

誰家玉笛暗飛聲，散入春風滿洛城。此夜曲中聞折柳，何人不起故園情。

❖不知何處吹蘆管，一夜征人盡望鄉

「不知何處飄來的蘆笛聲，這一夜，竟讓遠征邊關的士卒，久久沉浸在思鄉的悲懷裡。」古典詩詞中，有一些特定的情境，常常會引起思鄉情懷，如登高臨遠，如客居野宿，或唐代常見的邊塞風情。在這些情境下，詩人如何鮮明而生動地表現旅人或士卒渴念家鄉的情感？「沙似雪」、「月如霜」，李益先鋪陳出荒寂冷冽的塞下風貌，這靜態的景物描寫，先替作品佈好充滿感思準備的情境，只待一絲恰當的動靜，整個心理想像就活了起來。後兩句似靜實動，表面上當下沒有動作，但整個心理在時間與空間上都是相當擾動的。

【作者與詩詞】

出自李益〈夜上受降城聞笛〉：

回樂峰前沙似雪，受降城下月如霜。不知何處吹蘆管，一夜征人盡望鄉。

❖今為羌笛出塞聲，使我三軍淚如雨。

總共六聯的詩歌，李頎用了前四聯描寫一位壯志凌雲、不計死生的豪俠，末兩聯筆鋒一轉，一曲出塞曲，竟令豪俠勇士熱淚如雨。如果把焦點放在「出塞曲」，我們就會發現，前四聯的豪氣干雲，正襯托出「出塞曲」的動人心魄；而相對的，前四聯等「客觀」事蹟所不能描寫的，三軍士卒的志氣熱血，也經由一曲出塞曲的熱淚，透紙而出。

【作者與詩詞】

出自李頎〈古意〉：

男兒事長征，少小幽燕客。賭勝馬蹄下，由來輕七尺。殺人莫敢前，鬚如蝟毛磔。黃雲隴底白雪飛，未得報恩不能歸。遼東小婦年十五，慣彈琵琶解歌舞。今為羌笛出塞聲，使我三軍淚如雨。

李頎，唐代東川人，生於武后天授元年，卒於玄宗天寶十年。李頎擅長五七言歌行與邊塞詩歌，與王維、裴迪等人常有來往。

【名家例句】

古詩云：「此夜曲中聞折柳，何人不起故園情？」又云：「不知何處吹蘆管，一夜征人盡望鄉。」又云：「遼東小婦年十五，慣彈琵琶解歌舞，今為羌笛出塞聲，使我三軍淚如雨。」我憧憬於這種音樂——能使人人皆起故園情的折柳曲，能使征人盡望鄉的蘆管中的樂曲，與能使三軍淚如雨出塞聲。……若得一聽，教我身當羈人或征人，也極情願。我想，這一定不是其曲彌高的〈陽春白雪〉之類的音樂，也不是曲趣卑鄙的〈孟姜女〉一流的音樂。（豐子愷〈大眾藝術的音樂〉）

青泥何盤盤，百步九折縈巖巒

蜀道上的青泥嶺，曲曲折折，山巒盤繞，高聳入雲，百步之中，就有不下九道險峻的彎路。蜀道之難，從古著稱，從中原進入蜀地，無論是走陸路或水陸，都有如天險，然而詩歌中能夠把這驚心動魄的情狀描寫得淋漓盡致、撼動人心，首推李白這首〈蜀道難〉，李白另有一首〈夢遊天姥吟留別〉，題名雖曰「夢遊」，而名山氣魄，躍然紙上。

【作者與詩詞】

出自李白〈蜀道難〉：

噫吁！危乎高哉！蜀道之難難於上青天。蠶叢及魚鳧，開國何茫然。爾來四萬八千歲，不與秦塞通人煙。西當太白有鳥道，可以橫絕峨眉巔。地崩山摧壯士死，然後天梯石棧相鉤連。上有六龍回日之高標，下有衝波逆折之回川。黃鶴之飛尚不得過，猿猱欲度愁攀援。青泥何盤盤，百步九折縈巖巒。捫參歷井仰脅息，以手撫膺坐長歎。問君西遊何時還？畏途巉巖不可攀。……

【名家例句】

大提琴學生大概最能感同身受：蕭邦、法朗克、葛利格、普朗克、普羅高菲夫……這一長串名字數算下來，他們的大提琴奏鳴曲，鋼琴部分都難得讓人瞠目結舌。……大提琴若此，小提琴也沒好到哪裡去。那無恥的法朗克，明明就是先寫成大提琴奏鳴曲，卻聽友人讒言，改大為小，送給小提琴名家易沙意當結婚禮物。中間的算計機心自不用說，反正得苦練的也是別人，曲子紅了再說。理查・史特勞斯的《小提琴奏鳴曲》，也是討厭鬼一個。這作曲家鍵盤能力普普，卻把鋼琴寫得這般困難，墨水就算不要錢，也不是這種揮霍法。青泥何盤盤，頑石讓人嘆，弦樂如歌，在汪洋巨峰中翱翔——可憐那鋼琴家，就得是移山造海，勤勉專一的愚公，才能成就金碧輝煌的錦繡山河。（焦元溥〈危險關係〉）

大珠小珠落玉盤

這是〈琵琶行〉這首長詩中形容琵琶樂音的著名段落。白居易這首〈琵琶行〉，更細膩而具體地描寫琵琶樂音，同時由此延伸出深刻的感受性和情感效果。在詩歌描繪聲音藝術的發展上，是一大進展。和他的〈長恨歌〉一樣，藉物寫情，生動而不空泛，白居易詩歌的平易近人實出自深厚綿密的敘事寫物的能力。

【作者與詩詞】

出自白居易〈琵琶行〉：

……千呼萬喚始出來，猶抱琵琶半遮面。轉軸撥弦三兩聲，未成曲調先有情。弦弦掩抑聲聲思，似訴平生不得意。低眉信手續續彈，說盡心中無限事。輕攏慢撚抹復挑，初為霓裳後六么。大弦嘈嘈如急雨，小弦切切如私語。嘈嘈切切錯雜彈，大珠小珠落玉盤。間關鶯語花底滑，幽咽泉流水下灘。水泉冷澀弦疑絕，疑絕不通聲暫歇。別有幽愁暗恨生，此時無聲勝有聲。……

【名家例句】

其音節全是快板，越說越快。白香山詩云：「**大珠小珠落玉盤**」，可以進其妙處，在說到極快的時候，聽的人彷彿都趕不上，聽得卻是字字清楚，無一字不送到人耳輪深處，這是他的獨到。然比著前一段，卻未免遜一籌了。這時不過五點鐘光景，眾人以為天時尚早，王小玉必還要唱一段，不知是他妹子出

來，敷衍幾句，就收場了。當時一哄而散。（劉鶚《老殘遊記》）

❖更行更遠還生

李後主在他亡國歸宋之後，詞風沈鬱而充滿家國之思，故國的回憶，好似天上人間相隔，此恨更甚於羈旅他鄉。對羈旅者而言，年年還有音信可期，歸夢可作，當春思應如碧草蔓生的時候，而後主只有無盡的離恨，隨著遠芳遙望無期。

【作者與詩詞】

出自李煜詞〈清平樂〉：

別來春半。觸目愁腸斷。砌下落梅如雪亂。拂了一身還滿。雁來音信無憑。路遙歸夢難成。離恨恰如春草，更行更遠還生。

【名家例句】

可是可是，節奏力感並非普羅科菲夫的全部，他所會的也絕不只是狂放不羈。在普羅科菲夫最好的作品裡，我們永遠可以聽見迷人的抒情。無論現實何其殘酷，終其一生，他都沒有失去創作靈感與高超筆法，更依然保持那彷彿來自童話的甜美。就算是野獸派，《第二號鋼琴協奏曲》還是存在直入心懷的詠嘆。同時期的《第一號小提琴協奏曲》，更是這樣奇特繽紛的創作。明明第二樂章才大玩特技，要演奏家在鋼索上翻騰跳躍迴旋鞭轉；到了下一樂章，竟又讓小提琴在拔尖聲線上，唱出更行更遠還生，不可思議的絕美歌調。明朗透亮混搭潑辣恣意，奇思妙想鎔鑄一爐治之，果然是不折不扣的天才

手筆。（焦元溥〈天才交鋒，對看青春〉）

❖老夫聊發少年狂

文人隨同出獵，必當揮灑文字以壯行色，不過，在司馬相如、揚雄被譏為文學侍從的誇張之言後，聰明的文人更懂得巧妙定位自己的角色，詞中藉馮唐這位立言立功的老臣自況也自嘲，平衡了文人書寫事功的窘境。比之陸游、辛棄疾等同為豪放詞人，蘇軾在豪氣中又多帶了一分慧黠機智的風采。

【作者與詩詞】

出自蘇軾詞〈江城子〉（密州出獵）：

老夫聊發少年狂。左牽黃。右擎蒼。錦帽貂裘，千騎卷平岡。為報傾城隨太守，親射虎，看孫郎。酒酣胸膽尚開張。鬢微霜。又何妨。持節雲中，何日遣馮唐。會挽雕弓如滿月，西北望，射天狼。

【名家例句】

以德國詩人柏格（GottfriedAugustBurger）的敘事詩為本，《被詛咒的獵人》從貴族號角登場，視角馬上拉開至莊園領地。田園豐美、平疇遼闊，風裡聽得鐘聲悠揚與唱禱歌頌。法朗克向來是甜美旋律聖手，這一切鄉野美好，還有教堂彌撒呼喚，全被他寫成美到醉心的酣暢旋律。接下來郡主策馬入林大開殺興，雲破天開神降詛咒，配器更有傳神摹寫。綜觀法朗克一生交響作品，再無一曲運用如此豐富的管弦花招。那不只是作曲家本人的奇思妙想，更有熱心學生群策群力，合眾家創意煉成的聲音魔法。至於最後一段的群鬼追獵，末日狂奔馬蹄踢踏，配上恐怖喪鐘奪魂擊敲，豈是戰慄驚悚所能形容。在耳順之年寫下這曲《被詛咒的獵人》，法朗克也算得上是老夫聊發少年狂了。（焦元溥〈樂聞樂思／被詛咒的獵人〉）

❖我歌月徘徊，我舞影凌亂

明月相伴，我歌我舞，月光灑落，照著我步履凌亂而快意。

【作者與詩詞】

出自李白〈月下獨酌〉四首之一：

花間一壺酒，獨酌無相親。舉杯邀明月，對影成三人。月既不解飲，影徒隨我身。暫伴月將影，行樂須及春。我歌月徘徊，我舞影零亂。醒時同交歡，醉後各分散。永結無情遊，相期邈雲漢。

【名家例句】

無論是梅菲斯特圓舞曲或是波卡舞曲，這五曲的創作內涵仍皆來自萊瑙詩作。李斯特曾在管絃樂版總譜上節錄原詩情節如下：

「浮士德和梅菲斯特進入一家正因婚禮而熱鬧非常的鄉間酒店。浮士德看上一位女子，但因羞澀而不敢上前。梅菲斯特嘲笑他的怯懦，隨即搶過樂師手上的小提琴開始演奏……我歌月徘徊，我舞影凌亂，在梅菲斯特的咒語下，村民的舞蹈越跳越瘋狂，浮士德則大膽地向少女示愛；魔鬼的琴音再度響起，浮士德牽著少女的手，和眾人舞至黑暗的森林深處。酒店裡，只剩下夜鶯的歌聲穿過敞開的大門……」（焦元溥〈樂聞樂思／鬼月聽鬼（三）：梅菲斯特的遊戲〉）

4 繪畫賞析

❖遙憐故園菊，應傍戰場開

九月九日正是重陽親友相聚登高時節，然而身在軍旅之中，既無菊花亦無酒，遙想長安故園，此時滿園菊花大概也像戰場邊荒煙蔓草一般，在滿天烽火中徒留噓歎了。

【作者與詩詞】

這是岑參〈行軍九日思長安故園〉詩：

強欲登高去，無人送酒來。遙憐故園菊，應傍戰場開。

【名家例句】

又記得一幅畫，描著一個兵士，俯臥在戰地的蔓草中。他的背上裝著露宿所必需的簡單的被包，腰里纏著預備鑽進同類的肉體中去的槍彈，兩腿向上翹起，腿上裹著便於追殺或逃命的綁腿布，正在草地中休息。草地裡開著一叢野花，最大的一朵被他採在手中，端在眼前，正在受他的欣賞。他臉上現著微笑，對花出神地凝視，似已暫時忘卻行役的辛苦與戰爭的殘酷；他的感覺已被這自然之美所陶醉，他的心已被這「愛的表象」所佔據了。這畫的題目叫做《戰爭與花》。岑參的《九日》詩云：「強欲登高去，無人送酒來。遙憐故園菊，應傍戰場開。」戰場與菊，已堪觸目傷心。但這幅畫中的二物，戰場上的兵士與花，對比的效果更加強烈。（豐子愷〈繪畫與文學〉）

❖小院無人夜，煙斜月轉明

此詩寫小院深宵清趣，參見前文解釋。

【作者與詩詞】

出自唐彥謙〈小院〉：

小院無人夜，煙斜月轉明。清宵易惆悵，不必有離情。

【名家例句】

畫題沒有文字，只是寫著兩個並列的記號「！？」，用筆非常使勁，有如晉人的章草的筆致，力強地牽惹觀者的心目。看了這兩個記號之後，再看雪地上長短大小形狀各異的種種腳跡，我心中便起一種無名的悲哀。這些是誰人的腳跡？他們又各為了甚事而走這片雪地？在茫茫的人世間，這是久遠不可知的事！講到這裡我又想起一首古人詩：「小院無人夜，煙斜月轉明。清宵易惆悵，不必有離情。」這畫中的雪地上的足跡所引起的慨感，是與這詩中的清宵的「惆悵」同一性質的，都是人生的無名的悲哀。（豐子愷〈繪畫與文學〉）

❖歲惡詩人無好語

這是蘇軾自嘲之語，蘇軾一生多次因文字惹禍，「烏台詩案」更差點送命，新舊黨爭之間，又每成鬥爭雙方的箭靶，在這政治氣氛下，即使見到老朋友，彼此言論也多所拘忌，特別是提到時事。「歲惡詩人無好語」，類似孟子說「凶歲子弟多暴」，把老友相見不能暢所欲言，推給「歲惡」，看似比喻不倫，卻凸顯其中語帶雙關，正可見政治之惡。

【作者與詩詞】

出自蘇軾〈次韻劉貢父李公擇見寄〉二首之一：

白髮相望兩故人，眼看時事幾番新。曲無和者應思郢，論少卑之且借秦。歲惡詩人無好語，夜長鰥守向誰親。少思多睡無如我，鼻息雷鳴撼四鄰。

【名家例句】

藝術畢竟是美的，人生畢竟是崇高的，自然畢竟是偉大的。我這些辛酸淒楚的作品，其實不是正常藝術，而是臨時的權變。古人說：「惡歲詩人無好語。」我現在正是惡歲畫家；但我的眼也應該從惡歲轉入永劫，我的筆也不妨從人生轉向自然，尋求更深刻的畫材。（豐子愷〈我的漫畫〉）

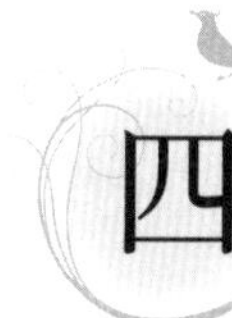

四 論「國家社會」

1 國際情勢

※十年結子知誰在

前人種樹，後人乘涼，愛荔枝種荔枝，種了荔枝等它十年結果，又不知是哪一任太守來享用？但只為了喜愛真珠一般的荔枝，我這白髮蒼蒼的癡太守逕自在官署前種下了荔枝樹。

【作者與詩詞】

白居易〈種荔枝〉

紅顆真珠誠可愛，白鬚太守亦何癡。十年結子知誰在，自向庭前種荔枝。

【名家例句】

哥國的育林計畫，是在聯合國地球氧氣配額補助下進行。私人可購地植林，政府也放領土地給低收入者。政府通常補助五至七年，墾殖者受官方監督和協助，譬如修枝、除草、施肥、疏林等等，都有專家指導。土地不得變更使用，樹林成材後可自由買賣。朋友兩百二十公頃的林園，先期種的二十公頃都是柚木，柚木壽命七十年，三十年算長成，「十年結子知誰在」，朋友說這是對生養他們的地球所作的一項答報。（張作錦〈感時篇／台灣種樹還來得及嗎？〉）

❖眾裡尋他千百度。

【作者與詩詞】

出自辛棄疾〈青玉案〉：

東風夜放花千樹。更吹落、星如雨。寶馬雕車香滿路。鳳簫聲動，玉壺光轉，一夜魚龍舞。蛾兒雪柳黃金縷。笑語盈盈暗香去。眾裡尋他千百度。驀然回首，那人卻在，燈火闌珊處。

這首詞句描寫人生中常見的，驀然回頭，心境轉折而有所領悟的過程，從大詞家王國維到後世無數讀者，常為之心有戚戚，為最常引用的詞句之一。

【名家例句】

吳胡會的進展顯示，從「一個中國的發展論」來看，「中華民國與中華人民共和國在特殊情況下的政治關係」，即是「一個中國」的一種架構與形式，在此架構下，兩岸的憲法皆是「一個中國」的重要支柱。胡錦濤應是有此認知，才會引據中華民國憲法（他稱「現行規定」），來支撐「一個中國」。眾裡尋他千百度，驀然回首，那人卻在燈火闌珊處。吳胡會告訴我們，現狀就可以是「一個中國」的一種架構與形式，且是以雙方的憲法做為支撐；既是「一中各表」，亦是「各表一中」。目前兩岸面對的問題是，如何使此一架構進一步法制化？（《聯合報／社論》〈現在進行式的一個中國〉）

欲窮千里目，更上一層樓

登高遠望，看著黃河入海的壯闊氣象，不禁讓人豪情萬丈。

【作者與詩詞】

王之渙〈登鸛鵲樓〉：

白日依山盡，黃河入海流。欲窮千里目，更上一層樓。

王之渙，唐代并州人。生卒年不詳。盛唐時期曾以邊塞詩馳名一時。

【名家例句】

馬英九與胡錦濤兩個政府，能在短短四年之中，將兩岸帶上如此務實的「和平發展」之路，這是難能可貴的優異表現。兩岸的互動，絕不可是「你吃掉我，我吃掉你」；因為，兩岸的互動，應以「為人類歷史創造文明典範」為目標。吳胡會雖稱「雙方現行規定」，但盡人皆知所指為「雙方現行憲法」，這是重大突破中存有的巨大盲點；兩岸值此「欲窮千里目，更上一層樓」之際，關鍵的作為應是：智慧而勇敢地，把黑桃叫做黑桃，把憲法叫做憲法！（《聯合報／社論》〈把黑桃叫做黑桃，把憲法叫做憲法〉）

輕舟已過萬重山

從白帝城到江陵這千里水路，江水湍急，三峽兩邊的猿聲哀啼未已，小舟已穿過千山萬壑的三峽，進入廣闊江流。

【作者與詩詞】

出自李白〈早發白帝城〉：

朝辭白帝彩雲間，千里江陵一日還。兩岸猿聲啼不盡，輕舟已過萬重山。

【名家例句】

吳敦義與李克強見面，就實質言，是兩岸「和平發展」路線的重新確認與延續，雙方藉此一會面，為下一階段的兩岸關係「立此存照」。而就形式言，兩人見面則是「雖不能相互承認，卻可以互不否認」的實踐。雖然互稱「先生」不能讓台灣滿意，但副元首與總理級別的兩人能夠見面，已是過去無法想像的圖景。這樣一步接一步往推進，或許亦能達到「輕舟已過萬重山」的境地。（《聯合報／社論》〈博鰲會面的正反解讀〉）

❖我生之初，尚無為；我生之後，逢此百罹

《詩經》這首〈兔爰〉被認為是一首亂世之音，詩人慨嘆著，從前的時世何其太平，而我輩又何其不幸，生在這亂世之中，像陷入羅網中的雉鳥，看著其他幸運的狡兔閑適地走過，唉，算了吧，就別再輾轉反側，徒增憂思了！

【作者與詩詞】

出自《詩經・王風・兔爰》：

有兔爰爰，雉離于羅。我生之初，尚無為；我生之後，逢此百罹！尚寐無吪！有兔爰爰，雉離于罦。我生之初，尚無造；我生之後，逢此百憂，尚寐無覺。有兔爰爰，雉離于罿。我生之初，尚

無庸；我生之後，逢此百凶，尚寐無聰！

《詩經》是中國最古老的詩歌總集。所輯詩歌三百零五篇，分成「風」、「雅」、「頌」三類。《詩經》兼具五經之首及文學之祖兩種身分，詮釋上歷來有解經家之言與詩人之言相互辯諍，後人引用時，也常依違於這兩種解釋之間，充滿豐富的旨趣。

【名家例句】

中郎的文章說是有悲哀愁思的地方原無不可，或者這就可以說亡國之音。《詩經・國風》云：「有兔爰爰，雉離于羅。我生之初，尚無為；我生之後，逢此百罹！尚寐無吪！」這種感情在明季的人心裡大抵是很普通的。有些閑適的表示實際上也是一種憤懣，即尚寐無吪的意思。……中國現在尚未亡國，但總是亂世吧。在這個時候，一個人如不歸依天國，心不旁騖，或應會試作「賦得文治日光華」詩，手不停揮，便不免要思前想後，一言一動無不露出消極不祥之氣味來，……（周作人〈重刊袁中郎集序〉，《苦茶隨筆》）

萬山不許一溪奔

楊萬里此詩以生動擬人的手法，形容山中溪水奔流喧騰的情景。當然讀者讀到了後一聯，也很容易聯想到許多人情世事的道理。

【作者與詩詞】

出自楊萬里〈桂源鋪〉：

萬山不許一溪奔，攔得溪聲日夜喧。到得前頭山腳盡，堂堂溪水出前村。

【名家例句】

不僅是文學侍從，台灣那些傾中政商本質上也是「莫言」。中國專制統治者不想聽的，他們就「莫言」；台灣人民的心聲，他們到了中國也都「莫言」。從馬英九總統以降，這種人當然不會聲援劉曉波。兩年前劉曉波獲獎時，各國領袖呼籲中國立即釋放劉曉波，……監禁劉曉波的中國，萬山不許一溪奔，是他們嚮往的「和諧社會」。對於中國民主人士，他們則避之唯恐不及，因為怕觸犯中國專制統治者的禁忌。於是乎，他們仰中國專制統治者鼻息，直接間接淪為打壓中國民主、自由與人權的幫兇。可以說，那些人既對不起台灣人民，也對不起中國人民，稱之為「醜陋的中國人」當不為過。（《自由時報／自由評論》〈莫言中國專制政權之非？〉）

❖朱門酒肉臭，路有凍死骨

「朱門」，指豪強之家，此處以豪強之家的嗜慾橫流，與輾轉於道途凍餒而死的饑民並陳，形成強烈而突兀的對比。

【詩詞與作者】

出自杜甫〈自京赴奉先縣詠懷五百字〉

朱門酒肉臭，路有凍死骨。榮枯咫尺異，惆悵難再述。

這首詩歌也同〈春望〉一樣，是杜甫作為一代「詩史」的代表作，民生之疾苦，知識分子的痛心，個人的遭遇，備述於其中。這一句「朱門酒肉臭，路有凍死骨」，幾乎是歷來痛斥社會不公不義最為激切，引用也最為頻繁的詩句。

【名家例句】

歐巴馬如果不是打著「變革」的旗號上台，人們可能不會對他有太大期望。然而他在任四年，股市迭創新高，失業率卻居高不下；「大到不能倒」銀行愈來愈大，稅制不公連超級富豪巴菲特都不好意思。四年來，上層依舊功利投機，金融和原物料炒作肥了少數，卻讓中產者備感壓力。金融海嘯前「朱門酒肉臭，路有凍死骨」、奢華享樂與飢寒交迫並存的荒謬，又改變了多少？歐巴馬所任命的伯南克，將惡化分配的非常態貨幣寬鬆政策常態化，以為華爾街領軍，實體經濟就會跟隨。殊不知，卻是為下一次危機搧風點火。一般人用了無效辦法，早就改弦易轍，另謀他途；但在伯南克眼裡，如果量化寬鬆無效，表示劑量不足。（葉家興〈沒有正義，就有危機〉）

❖天涯共此時

海上升起明月，無論天邊海角，人同此情同此心，望著明月，正是思念遠方之人的時候。

【詩詞與作者】

出自張九齡〈望月懷遠〉：

海上生明月，天涯共此時。情人怨遙夜，竟夕起相思。滅燭憐光滿，披衣覺露滋。不堪盈手贈，還寢夢佳期。

【名家例句】

二〇一二年倫敦奧運盛大開幕，精采的片段讓人津津樂道，回味無窮；許多人拿它與四年前的北京奧運開幕式相比較，感受到兩個開幕式有各擅勝場的魅力，而倫敦奧運的開幕式似乎更能引發普世的共鳴；如果說北京奧開幕式是中國做為世界最古老的文明之一的提醒，倫敦奧運則是英國做為現代流行文化旗手的一次確認。北京奧運「數大便是美」，倫敦奧運「天涯共此時」，而其力量都來自於探索記憶的力道。可以說，誰能使用愈多世人共同的文化符碼，誰就能夠創造愈多的感動。（《中國時報／社論》〈倫奧何以更能打動世人的心〉）

2 經濟趨勢

春江水暖鴨先知

這是蘇軾欣賞了惠崇「春江晚景」的畫作之後，為畫中清新生動的景象所感之作，於是他開頭就運用了一般詩中少見的輕俏語彙，讓讀者彷彿也感受到畫中花開水暖的鮮活景象。

【作者與詩詞】

出自蘇軾〈惠崇春江晚景〉，二首之一：

竹外桃花三兩枝，春江水暖鴨先知。蔞蒿滿地蘆芽短，正是河豚欲上時。

【名家例句】

春江水暖鴨先知，早在本月一日韓國公布七月出口年減百分之八．八，我們就預期同樣是出口導向的台灣，絕對好不到哪裡。出口衰退，問題出在全球，出口不佳，經濟保二破功，這些基本常識，我們都知道，但要問的是，為何台灣今年來每月的出口增長，都遜於韓國？為何台灣今年上半年經濟成長，是四小龍之末？面對歐債、美中兩大經濟體成長下滑，這是每一個國家都要面對的限制條件，何獨台灣表現最差？顯然，台灣有台灣的內部問題，這些內部問題，別的國家沒有。而台灣最大的內部問題在哪裡？容我們不客氣的說，最大的問題就在政府，而且是馬政府。（《工商時報／社論》〈台灣所面臨的「萬曆十五年」〉）

天涯若比鄰

「海內存知己，天涯若比鄰」，這大概是王勃最常被引用的一聯詩句，此詩本是王勃送別友人之作，然而在淒淒離情之外，王勃既能夠以同是「宦遊人」的際遇寄予情感理解，又復以「海內知己」相許，而令這送別之詩，在不捨之餘，更有一重可貴的愜心感激的情誼。

【作者與詩詞】

出自王勃〈杜少府之任蜀州〉：

城闕輔三秦，風煙望五津。與君離別意，同是
宦遊人。海內存知己，天涯若比鄰。無為在岐路，
兒女共霑巾。

王勃，字子安，唐代絳州龍門人。約生於唐太宗貞觀二十三年，卒於唐高宗儀鳳元年。

王勃是初唐著名的早慧卻也早逝的詩人，曾以著名的〈滕王閣序〉名動海內，與當時幾位名家楊炯、盧照鄰、駱賓王並稱「初唐四傑」。

【名家例句】

由於「天涯若比鄰」，在全球化的分工生產模式下，這場天災可能使全球許多高科技產品的生產發生斷鏈危機。主要原因在於日本所提供的關鍵原料及關鍵零組件，在整個生產鏈中，有其難以取代的地位。這些原料及零組件，若因地震而停產或復工緩不濟急，將使許多國家或地區的高科技產品的生產斷鏈。這個衝擊對台灣的高科技產業及汽車產業尤為嚴重，何時能夠恢復正常，仍在未定之數。（《工商時報／社論》〈摸著石頭過河——央行〉）

❖雙兔傍地走，安能辨我是雄雌

【作者與詩詞】

出自古樂府〈木蘭詩〉：

……脫我戰時袍，著我舊時裳，當窗理雲鬢，對鏡貼花黃。出門見伙伴，伙伴皆驚惶，同行十二年，不知木蘭是女郎。雄兔腳撲朔，雌兔眼迷離，兩兔傍地走，安能辨我是雄雌。

〈木蘭詩〉，產生自北朝的民間文學，作者不詳。而今流傳完整的這一版本，出自宋代《樂府詩集》，疑似經唐人改寫過。這首詩，充滿北地活潑慷慨的生命力，前人說它「事奇詩奇」，形容它像鳳凰高鳴於慶雲之上。

這首敘事詩，敘事方式頗有古典小說求「奇」的趣味。木蘭代父從軍的故事，題材本就新穎，敘述者又善用北朝民歌勁截流暢的語法，詳略取捨非常簡練，整個故事讀來曉暢明快，有如閱讀唐代文言傳奇。更為出奇的，便是敘事者最末一段，以略帶調侃的比喻為此奇事作結，整個敘事於是跳脫出征題材原可能有的沉重悲壯（可對照唐代邊塞詩），而有一種小說家言的趣味性。

【名家例句】

古樂府木蘭詩：「雄兔腳撲朔，雌兔眼迷離，雙兔傍地走，安能辨我是雄雌。」目前全球金融經濟的亂象，用撲朔迷離來形容，一點也不為過。其中最應該負責的是始作俑者的美國，從次級房貸、金融海嘯、二輪量化寬鬆等，都是以鄰為壑的作為；而歐豬五國積弱不振、日本震災引發恐慌性下單導致電子業存貨過剩，加上民主政治的政策買票，中產階級逐漸萎縮，一連串的金融、經濟、財政、產業、政治等缺失，混在一起，還真是「剪不斷、理還亂」。（《工商時報／社論》〈雄兔腳撲朔，雌兔眼迷離〉）

借問因何太瘦生

唐詩是中國詩歌鼎盛的代表，而當中李杜兩人分據詩史上「詩仙」「詩聖」不可撼動的地位，因此，這兩位宗師彼此之間的互動如何，也成為後來詩話詩說議論紛紛的題目。兩人的詩歌往返亦是寫作性格的反映之一。杜甫較李白年代為晚，曾有多首欽敬和懷念李白的詩篇，李白創作則有如杜甫所謂「飛揚跋扈」之姿采，相對於「語不驚人死不休」的杜甫，不愛受限於格律的李白，便曾經以此詩調侃杜甫，寫作竟如荷鋤老農，「（字字）粒粒皆辛苦」！

【作者與詩詞】

出自李白〈戲贈杜甫〉詩：

飯顆山頭逢杜甫，頭戴笠子日卓午。借問因何太瘦生？總為從前作詩苦。

【名家例句】

李白〈戲贈杜甫〉詩：「飯顆山頭逢杜甫，頭戴笠子日卓午。借問因何（或作「別來」）太瘦生？總為從前作詩苦」。看到股市在去年十二月一日還有超過一千億元的成交值，此後則幾乎每況愈下，甚至到昨日甚至出現低於五百億元的的「窒息量」。在此期間主管機關金管會一再喊話、頻放利多，甚至在北韓領導人金正日十二月十七日猝逝後，行政院還請出副院長陳冲領軍，率領國安基金進場護盤。惟利多加護盤的結果，只是讓台股從十二月十九日的兩年半最低收盤價6,633.33點，拉升至維持在7,000點上下，但是股市成交值卻一直沒有起色；尤其是近日的窒息量，更讓人想起李太白詩：「借問因何太瘦生？」答案則應是「總為『未來諸事』苦」。（《工商時報／社論》〈借問因何太瘦生？總為「未來諸事苦」〉）

❖日暮鄉關何處是，煙波江上使人愁

黃鶴樓上登臨遠望，望見漢陽一帶萋萋暮色，在這江上的煙波間，想起飄泊的歸鄉何在，不禁悵觸萬端！

【作者與詩詞】

崔顥〈黃鶴樓〉：

昔人已乘黃鶴去，此地空餘黃鶴樓。黃鶴一去不復返，白雲千載空悠悠。晴川歷歷漢陽樹，芳草萋萋鸚鵡洲。日暮鄉關何處是，煙波江上使人愁。

崔顥，唐代汴州人。生年不詳，卒於天寶十三年。崔顥這首〈黃鶴樓〉，曾被喻為唐人七律第一之作。連飛揚跋扈的李白，在黃鶴樓「崔顥題詩」之後，也為之斂手致意。

【名家例句】

產業發展，就消極而言，要排除政治干擾；就積極而言，要重視製造業的基本面，避免動輒倚賴政治、經濟手法救一時之急。新加坡或韓國，一個人口數與土地面積比台灣小，另一個則比台灣大，兩者都是學習的對象。我們偏偏喜以東方的瑞士自詡。殊不知，瑞士是一個中立、均富的社會，台灣須在民生福祉上建立共識，排除政爭對產業發展的干擾。日暮鄉關何處是，煙波江上使人愁；引個謔語，不要畫虎類犬，陶醉於一個自我感覺良好、均而不富的社會。（《中國時報／郭位》〈排除政治對產業發展的干擾〉）

❖斯人獨憔悴

京城中到處都是飛黃騰達的顯貴，為何你這樣超逸不俗的才子卻反而困頓至此。

【詩詞與作者】

出自杜甫〈夢李白〉二首之二：

浮雲終日行，遊子久不至。三夜頻夢君，情親見君意。告歸常局促，苦道來不易。江湖多風波，舟楫恐失墜。出門搔白首，若負平生志。冠蓋滿京華，斯人獨憔悴。孰云網恢恢，將老身反累。千秋萬歲名，寂寞身後事。

【名家例句】

斯人獨憔悴的原因何在？財政部的數據其實已可找出蛛絲馬跡，主要由於台灣對中國市場的出口動能出現疲態。去年台灣的出口成長尚維持十二．三％，但對中國出口則低於平均，只達八．一％，而今年第一季出口所呈現出來的四％負成長，單單對中國就減少九．七％。由於中國是台灣最大且佔將近四成的出口市場，對中國輸出衰退，勢必嚴重拖累整體出口表現。唯一逆勢成長的是東協市場，雖未若前兩年亮麗，但也增加七．七％，其原因除了資通產品居功厥偉之外，也跟國際原油及礦產品等原物料價格上漲，報價拉高有關。（《工商時報／社論》〈中國經濟轉型與台灣出口轉折〉）

台灣的情況雖然與歐元區截然不同，但由於對岸世界工廠逐步關閉，生機正要斷絕，其凶險絕不在歐元區之下。如今推行稅改，主政者一意要求加稅，而公共支出則不斷縮減，與撙節聯盟如出一轍。當歐洲風向轉變之際，我們也該好好想想，如何努力激勵就業與成長，以免全球一片榮景之中，斯人獨憔悴。（《經濟日報／社論》〈從撙節到成長的擺盪〉）

❖雲深不知處

此詩所謂的「隱者」，與六朝以來「求仙」風氣中的避世之風有關，而「採藥」也是求服食成仙之藥；因此，「只在此山中，雲深不知處」，除了隱者徜徉於山林，不計行蹤之外，也有宛如仙風道骨，縹渺於蓬萊的意味。

【作者與詩詞】

出自賈島〈尋隱者不遇〉：

松下問童子，言師採藥去。只在此山中，雲深不知處。

賈島，字浪仙，唐代范陽人。約生於唐德宗建中元年，卒於唐武宗會昌三年。

孟郊、賈島，都是屬於中唐苦吟派的詩人，所以蘇軾有「郊寒島瘦」的評語。兩人也都跟當時文壇泰斗韓愈頗有交情，後世作詩「推敲」一詞便是出自詩話裡韓愈賈島的故事。

【名家例句】

其次，雲端服務需要用戶可以產生信任感的環境。雲端服務的特徵，在於台灣及各國的消費者、企業，需要把大量的敏感資訊，放在**雲深不知處**的遠方，自然也成為駭客及其他網路犯罪的溫床。因此，維護資訊安全的品質，確保資料不受侵害、流失及外洩等威脅，遂成為雲端服務成功的關鍵。（《經濟日報／社論》〈台灣雲谷的烏雲與晴空〉）

馬英九總統的發展政策核心理念，就是藉由雙邊與多邊的經貿連結，讓台灣融入國際市場以強健自身經濟體質。然而行政部門殫精竭慮，擬出精美的說帖卻說服不了國人和貿易夥伴，徒然像鸚鵡一樣複誦著馬英九的「十六字箴言」，台灣心心念念的ＦＴＡ和ＴＰＰ卻仍在**雲深不知處**。依靠卸任的黨國大老進行「退休外交」，固然是台灣國際處境的無奈作法，卻也為行政部門創造不少彈性。這些老臣們或許背不出任何一段十六字箴言，卻不會像現下官員一樣忌憚於國會壓力和官位，政治歷練的高度和元首授權的自信，讓他們得以用個人的身分，創造具有政府效力的成果。（《中國時報／短評》〈老臣拚經濟〉）

❖十年磨一劍

「十年磨一劍」，說的是劍，卻也是劍客。這首詩中，劍客路見不平，為君拔劍試霜刃的情態，幾乎就是唐傳奇中引人入勝的俠客故事的詩歌濃縮版。

【作者與詩詞】

出自賈島〈劍客〉：

十年磨一劍，霜刃未曾試。今日把示君，誰為不平事。

【名家例句】

去年十月勞委會職訓局的季刊《Talent》報導，南韓政府為提升設計產業的實力，在二〇〇〇年提出「設計韓國」戰略口號，傾全國之力，營造設計創新人才的孕育環境。例如，讓孩童從小學開始接觸設計相關課程，強化旅遊景點的設計和成立生活設計館，讓民眾從生活感受設計帶來的樂趣與魅力，每年十二月定為「設計月」辦理展覽活動等。如今，每年有三萬多名設計專業畢業生，進入各種創意機構服務，首都首爾更在二〇一〇年被國際工業設計聯合會選為世界設計之都。南韓以「十年磨一劍」的精神，對照今年台北打算爭取四年後的相同頭銜，冀求短期內立下奇功，難度顯然頗高。廣達林百里董事長日前談到十二年國教時指出，我們現在處於「破壞」的時代，各種行為、科技、商業模式都在改變，亞馬遜、蘋果、臉書、谷歌等企業在各領域不斷創新，造成觀念的突破與價值觀的轉移。林董事長認為，影響創新的關鍵在於學習風氣和教育制度，因為「創新是不能教的」、「創新需要被啟發」。（朱宗慶〈藝術外一章——藝術教育有助創意人才之養成〉）

3 社會政治評論

白頭宮女話天寶

從中唐之後唐人諸多關於明皇貴妃的詩歌和小說，可知當年天寶盛事與遺恨，猶為後人樂道。然而，不說後人、時人道及天寶，而代之以而今尚在的「白頭宮女」，除了為整個「故」事增添落寞寂寥之外，也為「天寶」年間的前塵過往，製造了一種時光錯謬卻徘徊不去的氣氛。於是後人引申了出自元稹詩的這一聯「白頭宮女在，閒坐說玄宗」詩義，指稱沈溺於緬懷舊事，而不能正視眼前現實。

【作者與詩詞】

出自元稹〈行宮〉：

寥落古行宮，宮花寂寞紅。白頭宮女在，閒坐說玄宗。

【名家例句】

台灣民主要更上層樓，不能光喊一些似是而非的口號，更不能一味搬弄過去的仇恨，這是產生健康政治的基本條件。宋楚瑜重出江湖，引出一批許久未見的親、仇露臉叫陣；十年江山易改，台灣內外形勢早已不復從前，但許多人說的卻仍是天寶年間的遺事，讓人不忍卒睹。當「寧靜革命」和「撥亂反正」都進入第二回合鬥爭，是不是意味台灣走不出歷史的輪迴？白頭宮女的故事，就留在自家後院裡說吧！台灣的政治要向前行，大家的眼光最好盯著前面的路。」（《聯合報／黑白集》〈多少白頭宮女〉）

❖祇緣身在此山中

據蘇軾自記，這首詩是已遊歷廬山全山過半時所作。於是這「不識廬山真面目，祇緣身在此山中」，通常就被視為是他在沉澱了廬山種種印象之後，所作的一種總結性的領悟。而後人便經常用這一句話來描述這類儘管有許多片段印象或感受，卻始終無法取得全體觀照的當局者迷之情狀。

【作者與詩詞】

出自蘇軾〈題西林壁〉：

橫看成嶺側成峰，遠近高低總不同。不識廬山真面目，只緣身在此山中。

【名家例句】

簽署這個協議之後，大陸方面領導人可以宣稱兩岸已經「實質統一」，而且「一國兩制」已經落實；國民黨方面可以宣稱馬總統「不統、不獨、不武」的主張得到落實，「一中各表」也具體實現；新黨可以說「和平協議」是朝向「終極統一」邁進的一大步；親民黨可以說這是「一個中國，兩岸兩席」的落實；甚至連民進黨都可以宣稱「和平協議」證明台灣已經「實質獨立」，不受中國統治。這不就是「橫看成嶺側成峰，遠近高低各不同；不『辯』廬山真面目，只緣身在此山中」嗎？。（《工商時報／社論》〈橫看成嶺側成峰，遠近高低各不同〉）

江山代有才人出，各領風騷數百年

這首趙翼著名的〈論詩詩〉，秉持「一代有一代的文學」這樣的看法，認為每一個時代都應該創造生機，展開新的風氣，也因此，無限江山，每一輩都會產生不同的傑出人物，引領時代風氣。

【作者與詩詞】

出自清・趙翼〈論詩詩〉：

李杜詩篇萬口傳，至今已覺不新鮮，江山代有才人出，各領風騷數百年。

【名家例句】

江山代有才人出，各領風騷數百年，這講的是詩；若擺在民主政治，能領風騷十數年，即屬萬幸。任何曾經權傾一時、叱吒風雲的政壇前輩，應該也樂見後輩有成，接棒有人。從這個角度觀察，藍營內部對大老與馬英九總統有心結，不利團結勝選的憂慮，反倒可視為強化危機感的動力。（《中國時報／社論》〈政治上沒有解不開的心結〉）

相逢何必曾相識

我們都同樣曾經在繁華的長安城看盡人間風月，而今歷經滄桑，淪落天涯，心中感慨至深，能在異地遭逢懷抱著同樣傷心的知音，縱使未曾相識，這種偶遇下的相契相惜之感，讓人嘆息再三。

【作者與詩詞】

出自白居易〈琵琶行〉：

……我聞琵琶已歎息，又聞此語重唧唧。同是天涯淪落人，相逢何必曾相識。我從去年辭帝京，謫居臥病潯陽城。潯陽地僻無音樂，終歲不聞絲竹聲。住近湓江地低溼，黃蘆苦竹繞宅生。其間旦暮聞何物，杜鵑啼血猿哀鳴。春江花朝秋月夜，往往取酒還獨傾。豈無山歌與村笛，嘔啞嘲哳難為聽。……

【名家例句】

在美牛進口議題上，行政院可說是雙重「苦主」：同時被美國政府與立法院勒索。其實部分立委也是被選民（選票）及利益團體（政治獻金）勒索的「苦主」，政院與立院「相逢何必曾相識，同是『勒索被害人』」。（《工商時報／社論》〈到處都是勒索集團？〉）

❖出師未捷身先死，長使英雄淚滿襟

三國功業關鍵的人物孔明，在杜甫筆下塑造出一位悲劇英雄的形象，這位建立了蜀漢格局的姜太公式的人物，雖然鞠躬盡瘁終未完成光復大業，卻已建立典範，讓後來多少英雄為之感憤落淚。

【作者與詩詞】

出自杜甫〈蜀相〉：

丞相祠堂何處尋，錦官城外柏森森。映階碧草自春色，隔葉黃鸝空好音。三顧頻煩天下計，兩朝開濟老臣心。出師未捷身先死，長使英雄淚滿襟。

【名家例句】

二代健保「只聞樓梯響」。當初鬧到前衛生署長楊志良賭上烏紗帽，而今還未上路已傳千瘡百孔，不知能否如期實施。就在這種延宕的氣氛中，各種揣測、試探的說法不斷流出：有人說，若以百分之四·九一費率開辦，兩年後就將收支失衡；有人建議，應考慮把股票股利納入補充保費；還有人直言，「逃漏稅是台灣人專長」，因而健保收入不樂觀。耳語越多，政府的顧慮越多，越不敢放手去做該做的事。這樣拖下去，二代健保真令人擔心可能「出師未捷身先死」。（《聯合晚報／社論》〈逃漏稅陰影下的二代健保〉）

❖安得廣廈千萬間，大庇天下寒士盡歡顏

這是詩聖杜甫又一首儒者胸懷，意圖兼濟天下的詩歌。杜甫的社會寫實，與後來元稹、白居易所提倡的社會寫實，除了時代問題的差異外，比較不同的是，杜甫中年輾轉於戰亂，許多作品乃是出自自身親歷，而以儒者推己及人的嚮往所寫出的。這首詩歌便是為茅屋為狂風破毀後，祈願天下寒士皆有安居之所而作。

【作者與詩詞】

出自杜甫〈茅屋為秋風所破歌〉：

八月秋高風怒號，卷我屋上三重茅。茅飛度江灑江郊，高者挂罥長林梢。下者飄轉沈塘坳，南村群童欺我老無力。忍能對面為盜賊，公然抱茅入竹去。脣焦口燥呼不得，歸來倚杖自歎息。俄頃風定雲墨色，秋天漠漠向昏黑。布衾多年冷似鐵，驕兒惡臥踏裡裂。床床屋漏無乾處，雨腳如麻未斷絕。自經喪亂少睡眠，長夜霑溼何由徹。安得廣廈千萬間，大庇天下寒士俱歡顏。風雨不動安如山，嗚呼！何時眼前突兀見此屋？吾廬獨破受凍死亦足。

【名家例句】

內政委員會初審通過的此一修正決議，比起推動讓既存空屋轉租弱勢者，看起來應該是較為實在可行。畢竟社會住宅的興建，本來就是要回應社會上對人人有房住的期求，且其主導權操之在政府或願意配合興建的民間業者手上，一旦設定了比率自然較空屋轉租較能到位。問題只在於其比率高低的問題，而其高低自然又牽涉到政府能夠投注的資源有多少的問題。如果政府財源充裕，社會住宅百分之百只限弱勢者租住自然最好，但非弱勢者也有住房需求，要滿足弱勢者租屋需求的成本又較高，百分之十似乎是營建署評估後力所能及的上限，立委決議提高三倍，行政部門如果無力支應，到頭來恐怕還是一場空。「安得廣廈千萬間，大庇天下寒士盡歡顏。」詩聖杜甫當年的感慨，居住正義在今天能否落實，看來還有待務實努力以赴了。（《工商時報／社論》〈實現居住正義仍待努力〉）

❖一生真偽有誰知

周武王過世的時候，即位的成王年紀尚小，由王叔周公攝政，當時時勢未完全鞏固，流言四起，一直要到周公平定管蔡之亂，奠定宗室根基，將王政奉還成王，方才平息謠言。

白居易不僅有善入人心的詩歌風格，他的平易近人不只是語言的功力，更來自他一向對世事常有細膩而開明的領會（蘇軾最欣賞他這一點，不負以「樂天」為號），在詩歌中最能通達人情事理。這首詩中他以周公與王莽對比，指出「時間」可是個弔詭的裁判呢！

【作者與詩詞】

出自白居易〈放言〉五首之三：

贈君一法決狐疑，不用鑽龜與祝蓍。試玉要燒三日滿，辨材須待七年期。周公恐懼流言日，王莽謙恭未篡時。向使當初身便死，一生真偽復誰知。

【名家例句】

動機論是譏郝想「更上一層樓」，或說他想「討好中間選民」。這推論未嘗不是出於合理的懷疑，但論人動機有幾個陷阱：第一，動機沒法證實，硬給人按上一個動機，有點欲加之罪何患無詞，也叫當事人百口莫辯；第二，評論政治人物，儘可以客觀褒貶其外顯言行，但內在動機高尚與否，如何估量？何必估量？正所謂「周公恐懼流言日……一生真偽有誰知」；第三，在郝龍斌的例子裡，如果以「想選總統」諷其動機，難道是承認讓扁保外就醫的主張於民意潮流中為有利方向？（《聯合晚報／社論》〈「動機論」和「出身論」〉）

❖眾鳥集榮柯，窮魚守枯池

李白五十九首古詩，詩名「古風」，頗有「古詩十九首」的風貌，古樸悠遠，宛轉切情。五十九首，題材豐富，或歷史、或人情，或詠古事，或藉古喻今，或感嘆遇合，充滿悠悠不盡之思。最後一首講世途與人心常隨勢而變，「眾鳥集榮柯，窮魚守枯池」，比喻窮通之差異，宛如門庭若市與門可羅雀之對比。

【作者與詩詞】

出自李白詩《古風》，五十九首之五十九：

惻惻泣路岐，哀哀悲素絲。路岐有南北，素絲易變移。萬事固如此，人生無定期。田竇相傾奪，賓客互盈虧。世途多翻覆，交道方嶮巇。斗酒強然諾，寸心終自疑。張陳竟火滅，蕭朱亦星離。眾鳥集榮柯，窮魚守枯池。嗟嗟失權客，勤問何所規。

【名家例句】

蘇貞昌決定了「中國事務委員會」的名稱，並吞回原允謝長廷出任主委的承諾；此舉對黨內形同否決了謝長廷的轉型方案，對外則不啻公開與北京攤牌。網友piedmond，改寫李白詩《古風》，評議此事為：「群鳥集殘柯，窮魚守枯池。」堪謂語重心長。經由大陸「調酒行」，謝長廷所呈現的以「憲法共識」為主軸的轉型方案，雖被視為「個人行為」，但以謝的身分資望，及所提方案的體系化及重要性，無論對其贊同或反對，皆可被視為並用為徹底檢視民進黨「中國政策」的標尺。而蘇貞昌的回應，也會被人用此一標尺來評量。（《聯合報／社論》〈蘇貞昌代表民進黨與北京攤牌？〉）

❖紅了櫻桃，綠了芭蕉

此句本是以櫻桃已紅，芭蕉始綠，表示季節移轉，後來則常被引用來形容兩種資源分配或兩類情狀的移轉變化。

【作者與詩詞】

出自蔣捷詞〈一翦梅〉（舟過吳江）：

一片春愁待酒澆。江上舟搖。樓上帘招。秋娘度與泰娘嬌。風又飄飄。雨又蕭蕭。何日歸家洗客袍。銀字笙調。心字香燒。流光容易把人拋。紅了櫻桃。綠了芭蕉。

【名家例句】

相較於社會期待的高標，過去二十年的台大在延攬人才上的表現無法令人滿意。教育部五年五百億的頂尖大學計畫，每年一百億中台大獨得三十億。但台大究竟有沒有努力為台灣向外延攬國際人才，或只是向內挖角掃光其餘大學的優秀教授，維持「勝之不武」的島內第一，恐怕是不少大學的疑慮。台灣島內挖角是零和競逐，就算台大在ＳＣＩ指標上造就了一個升高的排名，也只是「肥了櫻桃，瘦了芭蕉」而已，就國家整體學術研究的提升而言，實在並無所獲。（《聯合報／社論》〈期待台大校長遴選的新氣象〉）

不經一番寒澈骨，怎得梅花撲鼻香

來自禪師的禪詩，卻因為比喻簡潔易曉，而成為家喻戶曉、適用於勉勵人事的一句名言。

【作者與詩詞】

出自唐代詩人黃檗禪師的《上堂開示頌》：

塵勞迥脫事非常，緊把繩頭做一場。不經一番寒徹骨，怎得梅花撲鼻香。

【名家例句】

改革是一把雙面刃，傷人傷己，是要先經歷寒澈骨的痛苦過程，才能換得撲鼻香的後福。倘若國家領導人無充分的決心與定見，則寧可謀定而後動。最怕既想追求歷史定位，又想討好所有人，遇謗退縮，說詞反覆，賠上官民互信，結果比不改革還糟。（《工商時報／社論》〈費力把事拖，就凡事辦不了〉）

悵望千秋一灑淚，蕭條異代不同時

【作者與詩詞】

出自杜甫〈詠懷古跡〉，五首之二：搖落深知宋玉悲，風流儒雅亦吾師。悵望千秋一灑淚，蕭條異代不同時。江山故宅空文藻，雲雨荒臺豈夢思。最是楚宮俱泯滅，舟人指點到今疑。

屈原、宋玉，戰國時代的大詩人，是《詩經》之後具名可考的詩歌創作祖師。杜甫遊歷宋玉故居，感慨萬千：那能作出〈高唐〉、〈神女〉、〈九辯〉「蕭瑟兮草木搖落而變衰」這等文藻的詩人，豈不是我等踵隨追念的典範！儘管相隔千年，千年來詩人的命運一樣坎壈！

【名家例句】

「悵望千秋一灑淚，蕭條異代不同時」，杜甫的感慨何嘗不是我們的心情？做為世代興替的紀錄者、見證人，媒體對時代的變遷演進，不論更好或更壞，都有更敏感的體會；身處當代者，永遠欣羨前代在紛亂中散發的盎然朝氣，更寄望後代的盛世昇平；然而，畢竟每個世代都有其精采、興與崩、生與滅，理想自當一以貫之，實踐過程則須與時俱進。（《中國時報／社論》〈恪遵媒體信念包容多元異見——記者節的惕省與自勉〉）

新鬼煩冤舊鬼哭

杜甫在安史之亂前，就以社會寫實詩篇自任，以詩人敏銳的眼光，事先看到了隱藏在大帝國盛世背後社會的問題，戰禍的危機。〈兵車行〉是其中一典型，敘述了因朝廷好大喜功無盡的兵役需索下，民不聊生的苦情，「新鬼煩冤舊鬼哭」，更以戰場的苦痛沉重地譴責了朝廷輕啟戰禍的罪孽。

【作者與詩詞】

出自杜甫〈兵車行〉：

車轔轔，馬蕭蕭，行人弓箭各在腰。爺娘妻子走相送，塵埃不見咸陽橋。牽衣頓足攔道哭，哭聲直上幹雲霄。道旁過者問行人，行人但雲點行頻。或從十五北防河，便至四十西營田。去時裡正與裹頭，歸來頭白還戍邊。邊庭流血成海水，武皇開邊意未已。君不聞漢家山東二百州，千村萬落生荊杞。縱有健婦把鋤犁，禾生隴畝無東西。況複秦兵耐苦戰，被驅不異犬與雞。長者雖有問，役夫敢申恨。且如今年冬，未休關西卒。縣官急索租，租稅從何出。信知生男惡，反是生女好。生女猶得嫁比鄰，生男埋沒隨百草。君不見，青海頭，古來白骨無人收。新鬼煩冤舊鬼哭，天陰雨濕聲啾啾。

【名家例句】

平民百姓真飢苦，新鬼煩冤舊鬼哭。賴活著，在桌上滴水，很快有黑蟻群聚，啜吸著無糖分無營養的水漬，活著。鬼張揚了黑色的旗幟，在立院高堂裡表決核電廠的追加預算，人心與錢坑，還真不曉得哪個比較像黑洞。從辦公大樓的窗外望出去，鋪天蓋地的盆地裡無處不是違建的天棚。建商在電視裡哭爸哭母兼哭夭，說台北房價還不夠高，要向香港新加坡看齊，可沒人看新加坡引進專業勞動力與投資移民的政策，也沒人看香港的自由經濟不光是解除投資限制，而是提供金流與貸款，讓老有所終，壯有所用，幼有所長。他們偏不，他們就看房價，你算了算，努力整年大概可以買一坪，住遠一點則可能有兩坪，無殼蝸牛你為什麼不生氣。（羅毓嘉〈青年為什麼憤怒？〉）

參

文章中的詩詞——敘事寫物篇

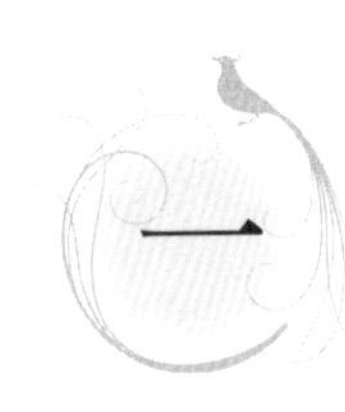

一 敘事

1 社會觀察

❖王師北定中原日，家祭無忘告乃翁

陸游被稱為愛國詩人，主要是因為一生始終懷抱北定中原的理想，這首詩歌表達了縱使此生不及親見中原光復，但仍始終期許著宋師能有北伐成功，底定中原的一天。

【作者與詩詞】

出自陸游〈示兒〉一詩：

死去元知萬事空，但悲不見九州同。王師北定中原日，家祭無忘告乃翁。

【名家例句】

早年台灣，光復節是迎神、祭祖、辦桌、宴客的大日子。「王師光復台灣日，家祭勿忘告乃翁」就是當時的氛圍與寫照。統獨對峙以來，光復節已被淡化。今年若非本報推出光復節座談特刊，以及馬總統寫了一篇臉書文章，台灣社會幾乎遺忘了十月廿五日的特殊意義。（《中國時報／社論》〈內戰沒有英雄，內耗無法發展〉）

有吏夜捉人

形容朝廷好戰，強征民兵的社會實況。

【作者與詩詞】

出自杜甫〈石壕吏〉：

暮投石壕村，有吏夜捉人。老翁踰牆走，老婦
出門看。吏呼一何怒，婦啼一何苦。聽婦前致詞，
三男鄴城戍。一男附書致，二男新戰死。存者且
偷生，死者長已矣。室中更無人，惟有乳下孫。
有孫母未去，出入無完裙。老嫗力雖衰，請從吏
夜歸。急應河陽役，猶得備晨炊。夜久語聲絕，
如聞泣幽咽。天明登前途，獨與老翁別。

棄絕蓬室居，塌然傷肺肝

朝廷為戍邊輕啟戰端，強征民兵，無分老少，百姓到老都不得安居，就算想在破陋的斗室棲息後半輩子也不能，傷心頓足也難以表達這種苦痛。

【作者與詩詞】

出自杜甫〈垂老別〉：

四郊未寧靜，垂老不得安。子孫陣亡盡，焉用
身獨完。投杖出門去，同行為辛酸。幸有牙齒存，
所悲骨髓乾。男兒既介冑，長揖別上官。老妻臥
路啼，歲暮衣裳單。孰知是死別，且復傷其寒。
此去必不歸，還聞勸加餐。土門壁甚堅，杏園度

亦難。勢異鄴城下，縱死時猶寬。人生有離合，豈擇衰老端。憶昔少壯日，遲回竟長歎。萬國盡征戍，烽火被岡巒。積屍草木腥，流血川原丹。何鄉為樂土，安敢尚盤桓。棄絕蓬室居，塌然摧肺肝。

【名家例句】

民國初年的四川，軍閥交爭地盤，土匪收糧收餉，父親白天上私塾，夜晚逃土匪。及長，進過「邊防一路軍事學校」受訓，也參加過四川軍。原有機會保送中央軍校，卻隨一陝西人學鑄幣，荒遊各地。等積攢了錢想回家，不料夜半發生如〈石壕吏〉「有吏夜捉人」的情景，領了一套粗布軍服、一個新編的隊號，直拉到上海，從二兵幹起。……父親的部隊從湖南搭貨車兩日夜到廣東；從廣東徒步一月餘至廣西；再從廣西徒步四十天到雲南。其間補給不足，水土不服，兵士精疲力竭，拉痢又患夜盲，散失近半。而抗戰八年的時間也才過一半，距反攻騰衝、血戰滇西還待三年。今夜我在燈前記下這一鱗半爪，想到父親晚年的無語，很像杜甫〈垂老別〉「棄絕蓬室居，塌然傷肺肝」描寫的心理：人生離合，哪管你老年還是壯年，從此與家庭決絕，肝肺為之痛苦得崩裂！（陳義芝〈戰地斷鴻〉）

❖幽棲地僻經過少

這是杜甫形容自己居處偏僻，門可羅雀的情景。

【作者與詩詞】

出自杜甫〈有客（賓至）〉：

幽棲地僻經過少，老病人扶再拜難。豈有文章驚海內，漫勞車馬駐江干。竟日淹留佳客坐，百年粗糲腐儒餐。莫嫌野外無供給，乘興還來看藥欄。

【名家例句】

這地點離街約有里許，小徑迂迴，不易尋找，來客極稀。杜詩「幽棲地僻經過少」一句，這室可以受之無愧。風雨之日，泥濘載途，狗也懶得走過，環境荒涼更甚。這些日子的岑寂的滋味，至今回想還覺得可怕。（豐子愷〈沙坪小屋的鵝〉）

2 家園故鄉

夜來風雨聲，花落知多少

春天的早晨被歡快的蟲鳴鳥喧喚起，回憶昨晚依稀聽得一夜春雨潺潺，可想見園子裡將鋪滿多少嫣紅姹紫！

【作者與詩詞】

出自孟浩然〈春曉〉：

春眠不覺曉，處處聞啼鳥。夜來風雨聲，花落知多少。

【名家例句】

我家是荒涼的。天還未明，雞先叫了；後邊磨房裏那梆子聲還沒有停止，天就發白了。天一發白，烏鴉群就來了。我睡在祖父旁邊，祖父一醒，我就讓祖父念詩，祖父就念：「春眠不覺曉，處處聞啼鳥。夜來風雨聲，花落知多少？」

「春天睡覺不知不覺地就睡醒了，醒了一聽，處處有鳥叫著，回想昨夜的風雨，可不知道今早花落了多少。」是每念必講的，這是我的約請。祖父正在講著詩，我家的老廚子就起來了。他咳嗽著，聽得出來，他擔著水桶到井邊去挑水去了。（蕭紅〈呼蘭河傳〉）

❖近鄉情更怯，不敢問來人

離開家鄉已好一段日子，長久不通音訊，而今好容易度過漢江，離家鄉更近了，然而此刻卻愈加情怯徬徨，甚至面對家鄉人也不敢詢問鄉里消息了。

【作者與詩詞】

出自李頻〈渡漢江〉

嶺外音書絕，經冬復歷春。近鄉情更怯，不敢問來人。

李頻，字德新，唐壽昌人。

【名家例句】

去年六月，我于一天晴朗的午後，從杭州坐了小汽船，在風景如畫的錢塘江中跑回家來。過了靈橋裏山等綠樹連天的山峽，將近故鄉縣城的時候，我心裡同時感著了一種可喜可怕的感覺。立在船舷上，呆呆的凝望著春江第一樓前後的山景，我口裏雖在微吟「近鄉情更怯，不敢問來人」的二句唐詩，我的心裡卻在這樣的默禱：……天帝有靈，當使埠頭一個我的認識的人也不在！要不使他們知道才好，要不使他們知道我今天淪落了回來才好……（郁達夫〈蔦蘿行〉）

少小離鄉老大回，鄉音無改鬢毛衰

少年時就離開家鄉，雖然而今已經年華老大，然而自小的口音從未改變。

【作者與詩詞】

出自賀知章〈回鄉偶書〉二首之一：

少小離鄉老大回，鄉音難改鬢毛衰。兒童相見不相識，笑問客從何處來。

賀知章，字季真，唐會稽人。生於高宗顯慶四年，卒於玄宗天寶三年。賀知章個性豪逸放達，工文善書，而李白的「謫仙」之名便是由他所稱譽的。

【名家例句】

「少小離家老大回，鄉音無改鬢毛衰。」祖父說：「這是說小的時候離開了家到外邊去，老了回來了。鄉音無改鬢毛衰，這是說家鄉的口音還沒有改變，鬍子可白了。」

我問祖父：「為什麼小的時候離家？離家到哪裡去？」

祖父說：「好比爺像你那麼大離家，現在老了回來了，誰還認識呢？兒童相見不相識，笑問客從何處來。小孩子見了就招呼著說：你這個白鬍老頭，是從哪裡來的？」我一聽覺得不大好，趕快就問祖父：「我也要離家的嗎？等我鬍子白了回來，爺爺你也不認識我了嗎？」心裡很恐懼。

祖父一聽就笑了：「你老了還有爺爺嗎？」（蕭紅〈呼蘭河傳〉）

長安一片月，萬戶擣衣聲

一片銀白秋月照在長安城上，正是千家萬戶搗洗棉衣，準備幫出征的家人添加衣物的時候了。

【作者與詩詞】

出自李白〈子夜吳歌〉：

長安一片月，萬戶搗衣聲。秋風吹不盡，總是玉關情。何日平胡虜，良人罷遠征。

【名家例句】

木杵，似乎天生就是用於回憶和懷念的東西，即便是在它大量使用的時候。有古詩詞為證，李白〈子夜吳歌〉：「長安一片月，萬戶擣衣聲。」李煜〈搗練子令〉：「又是重陽近也，幾處處砧杵聲催。」砧，擣衣用的石頭。大約回憶總帶著淒清吧，寒砧，在古代算是個流行詞。玉戶簾中捲不去，擣衣砧上拂還來」（張若虛〈春江花月夜〉）。我懷念木杵、親人，懷念曾經存在而現實生活缺失的美好事物。我懷念清清河水，和在水面上回盪的擣衣聲。（胡弦〈木杵〉）

悵望千秋一灑淚，蕭條異代不同時

站在詩歌宗師的宋玉故宅前，遙想千年，雖然時代不同，詩人們的命運還是一樣清冷寂寥，令人惆悵低迴。

【作者與詩詞】

出自杜甫〈詠懷古跡〉五首之二：

搖落深知宋玉悲，風流儒雅亦吾師。悵望千秋一灑淚，蕭條異代不同時。江山故宅空文藻，雲雨荒臺豈夢思。最是楚宮俱泯滅，舟人指點到今疑。

【名家例句】

一九四五年我住在香港英皇道，宋淇的太太文美陪我到街角的一家照相館拍照。一九八四年我在洛杉磯搬家理行李，看到這張照片上蘭心照相館的署名與日期，剛巧整三十年前，不禁自題「悵望卅秋一灑淚，蕭條異代不同時。」（張愛玲《對照記》）

3 愛情婚姻

床前明月光

李白這首詩，本是思念故鄉的名句，由床前月光引起了鄉愁，但在以下範例中，張愛玲另有用法，暗示小說人物佟振保對妻子的冷淡。

【作者與詩詞】

出自李白〈夜思〉：

床前明月光，疑是地上霜。舉頭望明月，低頭思故鄉。

【名家例句】

振保的生命裏有兩個女人，他說一個是他的白玫瑰，一個是他的紅玫瑰。一個是聖潔的妻，一個是熱烈的情婦——普通人向來是這樣把節烈兩個字分開來講的。也許每一個男子全都有過這樣的兩個女人，至少兩個，娶了紅玫瑰，久而久之，紅的變了牆上的一抹蚊子血，白的還是「床前明月光」；娶了白玫瑰，白的便是衣服上的一粒飯粘子，紅的卻是心口上的一顆硃砂痣。在振保可不是這樣的。他是有始有終，有條有理的，他整個地是這樣一個最合理想的中國現代人物，縱然他遇到的事不是盡合理想的，給他心問口，口問心，幾下子一調理，也就變得彷彿理想化了，萬物各得其所。（張愛玲〈紅玫瑰與白玫瑰〉）

❖花開堪折直須折，莫待無花空折枝

少年時光，就像好花盛開，在花朵盛開的時候，就應該惜而愛之，不要等到年華老大，花葉凋謝，徒留遺憾。

【作者與詩詞】

出自杜牧〈杜秋娘詩〉：

勸君莫惜金縷衣，勸君須惜少年時。花開堪折直須折，莫待無花空折枝。

【名家例句】

她帶著笑容，似懂非懂地用了同樣暗示的話答覆他道：「祇怪周先生自己耽誤了。周先生既然看中了一枝，為什麼不早折？為什麼不在別人未折以前去折呢？遲了就有人搶先折去了。花開的時節不長，遲了就要謝的，所以花不能夠等人。周先生不記得『花開堪折直須折，莫待無花空折枝』的舊詩嗎？」她說完便用一陣微笑來掩飾她的心的跳動。

周如水起初幾乎不相信他的耳朵，他想她不會對他說這樣的話。他疑惑地偷偷看了她好一會，看見她溫和地微笑著，裝出不在意的樣子看別處，但臉上卻淡淡地染上一層玫瑰色，他的心裡充滿了喜悅。

（巴金〈霧雨雷之霧〉）

十年一覺揚州夢，贏得青樓薄倖名

在紙醉金迷的繁華揚州，十年浪蕩的生涯徒然博取了風月場中薄倖浪子的名聲。

【作者與詩詞】

出自杜牧〈遣懷〉：

落魄江南載酒行，楚腰纖細掌中輕。十年一覺揚州夢，贏得青樓薄倖名。

【名家例句】

妓女是以叫許多中國男子嘗嘗羅曼斯的戀愛的滋味；而中國妻子則使丈夫享受比較入世的近乎實際

生活的愛情。有時這種戀愛環境真是撲朔迷離。至如杜牧，經過十年的放浪生活，一旦清醒，始歸與妻室重敘。所謂「十年一覺揚州夢，贏得青樓薄倖名」也。有的時候，也有妓女而守節操者，像杜十娘。另一方面，妓女實又繼承著音樂的傳統，沒有妓女，音樂在中國恐怕至今已銷聲匿跡了。妓女比之家庭婦女則反覺得所受教育為高，她們較能獨立生活，更較為熟悉於男子社會。其實在古代中國社會中，她們才可算是唯一的自由女性。（林語堂〈人生的盛宴〉）

殷勤謝紅葉，好去到人間

【作者與詩詞】

出自〈紅葉詩〉：

流水何太急，深宮盡日閑。殷勤謝紅葉，好去到人間。

據傳是唐宣宗時韓姓宮人所作。

這首署名唐宣宗宮人所作的〈紅葉詩〉因故事而流傳：盧偓應試舉人時，在宮外流水中拾得一片紅葉，上有題詩。不久，宮內釋出一批宮人，任其婚嫁，後盧偓娶得宮人韓氏，竟是紅葉題詩人。而這首詩歌的內容也符合了後宮的心緒：慨嘆深宮寂寥，不如這流水，日日到人間，因此寄望這紅葉上的心事，隨著流水，找到好歸宿。

【名家例句】

正青春時聽說了唐宣宗時的〈紅葉詩〉。唐官員韓泳家中舍人（家庭教師）于祐，秋季某日在御溝（通往皇宮牆外護城河的水溝）看到有紅色楓葉漂浮，于祐撿拾，發現葉面有詩：「流水何太急，深宮盡日閑。殷勤謝紅葉，好去到人間。」原來是宮中宮女所寫……少女的心哪……。（愛亞〈紅葉好去到人間——楓、楓香與槭〉）

酒入愁腸化作相思淚

斜陽芳草，明月秋風，隨著舉杯飲入愁腸，一時鄉魂旅思，卻隨之湧上心頭。

【作者與詩詞】

出自范仲淹詞〈蘇幕遮〉：

碧雲天，黃葉地。秋色連波，波上寒煙翠。山映斜陽天接水。芳草無情，更在斜陽外。黯鄉魂，追旅思。夜夜除非，好夢留人睡。明月樓高休獨倚。酒入愁腸，化作相思淚。

范仲淹，字希文，北宋蘇州吳縣人。生於宋太宗端拱二年，卒於宋仁宗皇祐四年。在文人當家的宋代，范仲淹既是北宋重要的政治家，也是軍事家。然而和唐初名臣相似，這些文武兼擅的大臣，寫起小詩小詞（唐初尚延續六朝綺靡之風，宋初小詞則是由五代花間柔媚之風而來），仍不失這時詩詞道地的言情抒情的本色。

【名家例句】

年輕時在金門服兵役，發現女朋友移情別戀，我幾乎每一分鐘都在想念她，每天深夜都希望喝高粱酒醉給他死，每天清晨都不知道用什麼勇氣醒過來。雖然「酒入愁腸化作相思淚」，然則年輕時偶爾喝醉有什麼要緊？喝醉總比發瘋好。（焦桐〈論醉酒〉）

4 工作營生

欲窮千里目，更上一層樓

面對眼前遼闊的景象，不禁興發更加窮盡無邊視野的襟懷，而又想要再攀登上更高一層境界了。

【作者與詩詞】

出自王之渙〈登鸛雀樓〉：

白日依山盡，黃河入海流。欲窮千里目，更上一層樓。

王之渙，唐并州人。王之渙是盛唐時著名的邊塞詩人之一，但現今《全唐詩》只保存了他六首著作。他的詩歌最有名的除了這一首〈登鸛雀樓〉外，另有一首〈涼州詞〉（「黃河遠上白雲間」），更被盛稱為唐人絕句之首選。

【名家例句】

鴻漸回家第五天，就上華美新聞社拜見總編輯，辛楣在香港早通信替他約定了。他不願找丈人做引導，一個人到報館所在的大樓。報館在三層樓，電梯外面挂的牌子寫明到四樓才停。他雖然知道唐人「**欲窮千里目，更上一層樓**」的好詩，並沒有乘電梯。他雖然不知道但丁沉痛的話：「求事到人家去，上下的樓梯特別硬」，而走完兩層樓早已氣餒心怯，希望樓梯多添幾級，可以拖延時間。推進彈簧門，一排長櫃台把館內人跟館外人隔開；假使這櫃台上裝置銅欄，光景就跟銀行，當鋪，郵局無別。（錢鍾書〈圍城〉）

床前明月光

李白這首詩，本是思念故鄉的名句，由床前月光引起了鄉愁

【作者與詩詞】

出自李白〈夜思〉：

床前明月光，疑是地上霜。舉頭望明月，低頭思故鄉。

【名家例句】

蘇芮高亢的歌聲，撼動人心，歌詞字意，句句映照著現實人生與人之間的疏離，莫名的鄉愁與孤獨感，藉由溫暖的月光，讓人心生對兒時的懷念與記憶。一樣的月光，也使人想起唐詩中的名句「床前明月光，疑是地上霜，舉頭望明月，低頭思故鄉」，雖是一首極為平淡的五言詩，但卻很少人不記得它，思鄉、望月，這神祕月光，是否只在暗夜獨處時，才會引人遐思？讓人從心底釋放出孤寂？曾幾何時，一樣的月光更讓年輕人有另一種解讀，意含面對生活的壓力，新新人類對生活情意的追求，讓月光遠離思鄉的情懷，成為現實暗夜下求取溫飽的「月光」族，這心境似乎又回到七十年代，那高亢的歌聲依舊迴盪——誰能告訴我／是我們改變了世界／還是世界改變了我和你／一樣的月光／一樣的照著新店溪。（林淑女〈筆墨生活——一樣的月光〉）

楊柳岸曉風殘月

柳永是有宋一代的抒情聖手，原本柔媚的小詞，到了他手上，篇幅變長，格局開闊，然而抒情韻味卻更宛轉動人。宦途失意，令柳永全心投入詞的創作，與一般文人寫手不同，卸去「文學」的框架，柳永詞更契合音律，明白曉暢卻不失詞原有的抒情特質。他又將原本篇幅小巧的詞，拓展成長調；而因為仕途失意的飄零生涯，讓他在詞中更善於鋪敘四方景致，改變了言情小詞原本常受限於歌臺舞榭的空間感，以景寓情的手法更加豐富圓熟，示範了成功的長調「慢詞」，始有後來蘇、辛長調的開展。

【作者與詩詞】

出自柳永〈雨霖鈴〉：

寒蟬淒切。對長亭晚，驟雨初歇。都門帳飲無緒，留戀處、蘭舟催發。執手相看淚眼，竟無語凝噎。念去去、千里煙波，暮靄沈沈楚天闊。多情自古傷離別。更那堪、冷落清秋節。今宵酒醒何處，楊柳岸、曉風殘月。此去經年，應是良辰、好景虛設。便縱有、千種風情，更與何人說。

柳永，字耆卿，原名三變，北宋崇安（今屬福建）人。生卒年不詳，大約是宋仁宗時代在世。柳永名不見於史傳，卻是文學史上改革詞的專業詞人，經他擴展詞的形式和語言，更為自然諧美，以致「有井水飲處，即能歌柳詞」。

【名家例句】

今天，我到世界貿易中心去看人。這棟著名的大樓一百一十層，四百一十七公尺高，八十四萬平方公尺的辦公空間，可以容納五萬人辦公。樓高，薪水高，社會地位也高，生活品味也高？這裡給商家和觀光採購者留下五萬人的容積，顧客川流不息，可有誰專誠來看看那些高人？早晨八時，我站在由地鐵站進大樓入口的地方，他們的必經之路，靜心守候。起初冷冷清清，電燈明亮，曉風殘月的滋味。時候到了，一排一排頭顱從電動升降梯裡冒上來，露出上身，露出全身，前排走上來，緊接著後排，彷彿工廠生產線上的作業，一絲不苟。（王鼎鈞〈世界貿易中心看人〉）

5 休閒娛樂

❖褒公鄂公毛髮動，英姿颯爽來酣戰。

這是杜甫形容曹霸生花妙筆，為凌煙閣功臣所圖摹的肖像，精神爽朗，氣概生動，令人不禁遙想他們當年戰場上英勇的姿態。

【作者與詩詞】

出自杜甫〈丹青引贈曹將軍霸〉：

將軍魏武之子孫，於今為庶為清門。英雄割據雖已矣，文彩風流今尚存。學書初學衛夫人，但恨無過王右軍。丹青不知老將至，富貴於我如浮雲。開元之中常引見，承恩數上南熏殿。凌煙功臣少顏色，將軍下筆開生面。良相頭上進賢冠，猛將腰間大羽箭。褒公鄂公毛髮動，英姿颯爽來酣戰。帝天馬玉花驄，畫工如山貌不同。是日牽來赤墀下，迥立閶闔生長風。詔謂將軍拂絹素，意匠慘澹經營中。斯須九重真龍出，一洗萬古凡馬空。……

【名家例句】

孫先生收藏的本領真好！他收藏著這樣多的雖微末卻珍異的材料，就如慈母收藏果餌一樣；偶然拈出一兩件來，令人驚異他的富有！其實東西本不稀奇，經他一收拾，便覺不凡了。他於人們忽略的地方，加倍地描寫，使你於平常身歷之境，也會有驚異之感。他的選擇的工夫又高明；那分析的描寫與精彩的對話，足以顯出他敏銳的觀察力。所以他的書既富於自己的個性，一面也富於他人的個性，無怪乎他自己也會覺得他的富有了。他的分析的描寫含有論理的美，就是精嚴與圓密；像一個扎縛停當的少年武士，英姿颯爽而又嫵媚可人！又像醫生用的小解剖刀，銀光一閃，骨肉判然！你或者覺得太瑣屑了，太膩煩了；但這不是膩煩和瑣屑，這乃是悠閒。（朱自清〈山野掇拾〉）

❖李白斗酒詩百篇

關於「飲酒」這件事，從六朝以來的解憂、神遊、及時行樂等行為意義，到了唐代，又跟當時富貴社會中縱情青春、快意繁華的風氣結合。無論是李白的「斗酒十千資歡謔」，或杜甫這首詠當時長安名士的〈飲中八仙歌〉，都與此一背景有關。到了這一時代，飲酒於是成為求仙、尚俠、及時行樂等等主題的代表，而將這三者結合得最為出色，性格與詩作皆表現出一代風采的李白，是杜甫筆下經常和這樣一個盛世景象結合的代表。

【作者與詩詞】

出自杜甫〈飲中八仙歌〉：

知章騎馬似乘船，眼花落井水底眠。汝陽三斗始朝天，道逢麴車口流涎。恨不移封向酒泉。左相日興費萬錢，飲如長鯨吸百川。銜杯樂聖稱世賢。宗之瀟灑美少年，舉觴白眼望青天。皎如玉樹臨風前。蘇晉長齋繡佛前，醉中往往愛逃禪。李白一斗詩百篇，長安市上酒家眠，天子呼來不上船，自稱臣是酒中仙。張旭三杯草聖傳，脫帽露頂王公前，揮毫落紙如雲煙。焦遂五斗方卓然，高談雄辯驚四筵。

【名家例句】

日本作家池波正太郎自幼嗜酒，四、五歲時偷喝酒，一口氣喝光一升的清酒，立刻如火焚身，那時外面正下著大雪，他父親抱他到厚厚的積雪上翻來翻去。池波正太郎自剖不可一日無酒，連他養的暹邏貓也很愛喝清酒，「寫小說的時候，酒是我最大的安慰與樂趣，我總有種自己的健康是由酒精在支撐的感覺」；「一年中大概有幾次，在我文思泉湧時，喜歡聽著Benny Goodman的爵士樂，一邊暢快地喝著威士忌，一邊如行雲流水般地寫作，此時寫出來的作品通常連自己都覺得很滿意。」這有點像特技，力追李白「斗酒詩百篇」。陶淵明每夜獨飲，「既醉之後，輒題數句自娛」，其實那些飲酒詩都是薄有酒意時所作，微醺之際，情移心動，靈感如泉汩湧；喝得酩酊恐怕作不出詩來。我就沒本事邊喝酒邊寫作。（焦桐〈論醉酒〉）

共泥春風醉一場

承接著六朝審美意識的興起，唐人的詩情，有許多是從善於「感」物而來。「感」於青春，故及時行樂；「感」於富貴難得，故快意尋歡；「感」於時地，因此羈旅、遠征、塞下、渡頭，成為唐詩抒情的重要意象，而四時之間，桃李之會、園林之飲，更是文人間常有的賞心樂事。白居易此詩，表明了良辰美景，共享醉筵的盛情。

【作者與詩詞】

出自白居易〈感櫻桃花因招飲客〉：

【名家例句】

我雖乏酒量，對於勸酒，都一向來者不拒；喝酒是快樂的事，應當高歌。懂酒等人都不會糟蹋身體，醉要醉在心裡，像白居易看到櫻花盛開如雪，想要「共泥春風醉一場」是有意識的醉酒，高級的醉酒形態。（焦桐〈論醉酒〉）

❖事如春夢了無痕

「去年一同出郊春遊的朋友，今年像冬去春來的大雁一般準時來訪，然而去年事卻恍然如夢不知所蹤了。」蘇軾詩詞，很善於取用眼前事物事件，引喻或令人聯想許多人生哲理，一方面切景，一方面也打開了豐富的想像空間。

櫻桃昨夜開如雪，鬢髮今年白似霜。漸覺花前成老醜，何曾酒後更顛狂。誰能聞此來相勸，共泥春風醉一場。

【作者與詩詞】

出自蘇軾〈正月二十日與潘郭二生出郊尋春忽記去年是日同至女王城作詩乃和前韻〉：

東風未肯入東門，走馬還尋去歲村。人似秋鴻來有信，事如春夢了無痕。江城白酒三杯釅，野老蒼顏一笑溫。已約年年為此會，故人不用賦《招魂》。

【名家例句】

寫詩的心情萬種千般，只有用毛筆才能配合那種幽微細緻的心情。用毛筆寫字要有很多配備，硯台、墨、毛筆、調整墨色的小碟子、適合寫毛筆字的手工紙，還要有很多程序，泡筆、磨墨、沾墨、調整筆中含墨量，紙張要大小適中，各種講究讓寫字這件事變得複雜而細緻，也因此多了許多醞釀詩情的時間和過程。我有許多裁好各種規格的美麗紙張，寫詩的時候，隨手可以拿出來記錄心中流洩的靈感，一字一句的書寫，看墨色在潔白的紙張上留下所思所想，是一種極為難得的享受。草稿寫好以後再不斷修改，那些塗改、修正，留下了反覆思索的痕跡，雖然零亂不美觀，卻是「修正了無痕」的電腦稿件無可取代的。（侯吉諒〈寫字書情〉）

大江東去

繼柳永之後，宋代寫作長調而又開拓出新格局的詞人即為蘇軾。這首詞氣度宏偉，以「懷古」詠古的題材而論，晚唐詩人已樹立了難以企及的成就；現在，蘇軾更採用了原本被認為是較柔媚的文學形式——「詞」來寫作懷古，卻寫出了風格不同而氣象更為雄渾的作品。「大江東去」的氣魄，也被拿來與柳永「楊柳岸曉風殘月」作為兩種不同風格的對照，代表了「慢詞」發展的兩種典範。

【作者與詩詞】

出自蘇軾詞〈念奴嬌〉（赤壁懷古）：

大江東去，浪淘盡、千古風流人物。故壘西邊。人道是，三國周郎赤壁。亂石穿空，驚濤拍岸，捲起千堆雪。江山如畫，一時多少豪傑。遙想公瑾當年，小喬初嫁了，雄姿英發。羽扇綸巾。談笑間，檣艣灰飛煙滅。故國神遊，多情應笑，我早生華髮。人間如夢，一樽還酹江月。

❖花間一壺酒

為李白名詩〈月下獨酌〉的第一句開場，也被借為本詩的代名詞。

【作者與詩詞】

出自李白〈月下獨酌〉四首之一：

花間一壺酒，獨酌無相親。舉杯邀明月，對影成三人。月既不解飲，影徒隨我身。暫伴月將影，行樂須及春。我歌月徘徊，我舞影零亂。醒時同交歡，醉後各分散。永結無情遊，相期邈雲漢。

【名家例句】

書法非得要是「大江東去」，或「花間一壺酒」等的文學名著，才能稱得上作品嗎？事實上，古代書法藝術由實用書寫中發展出來，始終未離開過文人的日常生活。宋代歐陽修提到，古代尺牘內容不出「吊哀、候病、敘睽離」等生活諸事，觀者可以藉之感受到書寫者的意態神情。曾幾何時，書法已經悄悄離開人們的生活，成為一門獨立的藝術，書法作品也不再呈現書寫者真實的一面，取而代之的是層層堆疊的華麗面具。古代書蹟中，有關日常瑣事的書簡札記占有很大比例，最著名莫過王羲之的「奉橘三百枚」，類似作品不計其數。這些書帖能夠流傳千古並非因為內容精彩，而是書法本身與書家生命力的緊密結合，反映出書家實際的生活面。（何炎泉〈筆墨生活——書法與日常〉）

暫醉佳人錦瑟旁

曲江是唐代（特別是玄宗盛世時）著名的皇家宴游之地，有離宮別殿，當時皇上賜宴王功臣僚時，常有教坊奏樂，對照當今靜寂淒清，杜甫懷想起當時情景，別有人事已非而曾經美好的感懷。

【作者與詩詞】

出自杜甫〈曲江對雨〉：

城上春雲覆苑牆，江亭晚色靜年芳。林花著雨燕脂濕，水荇牽風翠帶長。龍武新軍深駐輦，芙蓉別殿漫焚香。何時詔此金錢會，暫醉佳人錦瑟旁。

【名家例句】

我最嚮往杜甫「暫醉佳人錦瑟旁」的境界；飲酒最悲傷的莫若《廣陽雜記》所載：「村優如鬼，兼之惡釀如藥」，沮喪得想醉死，惡釀又難入口，真是生不如死。（焦桐〈論醉酒〉）

一洗萬古凡馬空

出自杜甫〈丹青引〉，稱揚宮廷畫師曹霸神奇的畫工，上文「英姿颯爽」是講述其畫人之神采，接下來則敘述其畫馬，任憑宮廷裡多少畫師描繪過這匹名馬，各個曲盡其妙，風貌不同，然而當曹霸定心衡慮縝密構思之後，一旦下筆，宛如九重天外的真龍下凡，光彩奪目，矗立在凡馬之上，讓所有畫上之馬、廄中之馬，盡皆失色。

【作者與詩詞】

出自杜甫〈丹青引贈曹將軍霸〉：

……先帝天馬玉花驄，畫工如山貌不同。是日牽來赤墀下，迴立閶闔生長風。詔謂將軍拂絹素，意匠慘澹經營中。斯須九重真龍出，一洗萬古凡馬空。

【名家例句】

他逛的這個「地壇文化迎春會」，畢竟不同于七十多年前我逛過的隆福寺廟會，因為在一處工藝售貨棚的玻璃櫃台上放著一尊唐三彩陶馬。他說：「這是一件真正完美的藝術品，大有一洗萬古凡馬空的氣概。」他決定把它買下來！櫃台前已經站著兩位顧客，一個是脖子上挂著照相機的攝影記者，一個是挎著個帆布大畫夾的小姑娘，十三四歲模樣。他們雖然有先來後到，但都想買這祇陶馬。（冰心《冰心作品第八卷》）

輕舟已過萬重山

從白帝城到江陵這千里水路，江水湍急，三峽兩邊的猿聲哀啼未已，小舟已穿過千山萬壑的三峽，進入廣闊江流。

【作者與詩詞】

出自李白〈早發白帝城〉：

朝辭白帝彩雲間，千里江陵一日還。兩岸猿聲啼不盡，輕舟已過萬重山。

【名家例句】

洗井後水質仍無好轉，父親接了自來水，決定封井。每日從橡膠林載回來一麻包袋泥，往井裡倒。曠時日久，無數次往返，終於把井的身世掩埋——斑魚已經網了上來，一家人浩浩蕩蕩走到死雞河，放生了。我記得她嘴上兩根鬚，在悠久晨昏中，不知何時已長得這般的長。想起她逃生的伙伴，摸黑游過後水溝，際遇未知。若然還在死雞河，和她碰了面，恐怕吞吐魚語將是：恍若隔世。那條後水溝，我們好幾回守候著，準備攔截紙船。只不過一轉眼，輕舟已過萬重山。（曾翎龍〈井〉）

鳧茈小甑炊，丹柿青篾絡

鳧茈在瓦甑上炊蒸著，青色竹籃裡還擺著豔豔的紅柿子

【作者與詩詞】

出自陸游〈野飲〉：

春雨行路難，春寒客衣薄；客衣薄尚可，泥深畏驢弱。溪橋有孤店，村酒亦可酌，鳧茈小甑炊，丹柿青篾絡。人生憂患窟，駭機日夜作；野飲君勿輕，名宦無此樂。

【名家例句】

我也喜歡荸薺在古代的說法，叫鳧茈，這名字真美，鳧是野鴨，茈是一種紫草，根皮紫色，可作染料。我不知道荸薺古稱鳧茈的原因，是否因為它身上那鳥嘴般的芽，加上棗紅的皮色？總之鳧茈這名字美，

比荸薺、馬蹄都美，給人豐富的聯想。陸游的〈野飲〉詩有「梟莊小甑炊，丹柿青篾絡」之句，說春雨行路難，但是野外孤店裡，尚有村酒可小酌，梟莊在瓦甑上炊蒸著，青色竹籃裡還擺著豔豔的紅柿子呢！人生本多憂患，「野飲君勿輕，名宦無此樂」，這簡單的野飲您不要輕視，高官名宦卻難得此樂啊。（文正〈庖廚偶記／荸薺〉）

二 人物

1 外貌形象

❖淡妝濃抹總相宜

在宋代之前，寫作上以藉物喻人為多，北宋之後，詩人更善於運用以人擬物，於是描摹景物就倍加生動活潑。蘇軾這首「若把西湖比西子，淡粧濃抹總相宜」，就寫活了西湖的嫵媚多姿。

【作者與詩詞】

出自蘇軾〈飲湖上初晴後雨〉二首之二：

水光瀲灩晴方好，山色空濛雨亦奇。若把西湖比西子，淡粧濃抹總相宜。

【名家例句】

他穿布衣，全無窮相，而另具一種樸素的美。你可想見，他是扮過茶花女的，身材生得非常窈窕。穿了布衣，仍是一個美男子。「淡妝濃抹總相宜」，這詩句原是描寫西子的，但拿來形容我們的李先生的儀表，也很適用。今人侈談「生活藝術化」，大都好奇立異，非藝術的。李先生的服裝，才真可稱為生活的藝術化。他一時代的服裝，表出著一時代的思想與生活。各時代的思想與生活判然不同，各時代的服裝也判然不同。布衣布鞋的李先生，與洋裝時代的李先生、曲襟背心時代的李先生，判若三人。這是第三次表示他的特性：認真。（豐子愷〈懷李叔同先生〉）

❖明眸皓齒

詩句是安史之亂後，杜甫透過皇室遭遇的轉折，感慨今昔之變所作。由於這個轉折的中心，便是當年三千寵愛在一身的楊妃，杜甫詩中大段鋪陳她的顯赫與美麗，此句說的是：明皇最寵愛的妃子，當時那明媚清麗的佳人，而今又魂歸何方呢？而後來「明眸皓齒」被普遍用以形容佳人面貌。

【作者與詩詞】

出自杜甫〈哀江頭〉：

……昭陽殿裡第一人，同輦隨君侍君側。輦前才人帶弓箭，白馬嚼齧黃金勒。翻身向天仰射雲，一箭正墜雙飛翼。明眸皓齒今何在，血污遊魂歸不得。清渭東流劍閣深，去住彼此無消息。……

【名家例句】

於是他帶著好奇的、景慕的、喜悅的感情和她談了一些話。她的思想又是那麼高尚，使他十分佩服。他們分別的時候，她和他祇見過兩三面，而她的姓名就深深地刻印在他的腦子裏了，這是三個美麗的字：張若蘭。以後在東京的一年中間他並沒有忘記這個美麗的名字。常常想起她那明眸皓齒的面龐，

就仿佛在黑暗裏看見一線光亮。（巴金〈霧雨電之霧〉）

天生麗質難自棄

【作者與詩詞】

出自白居易〈長恨歌〉：

漢皇重色思傾國，御宇多年求不得。楊家有女初長成，養在深閨人未識。天生麗質難自棄，一朝選在君王側。回眸一笑百媚生，六宮粉黛無顏色。春寒賜浴華清池，溫泉水滑洗凝脂。侍兒扶起嬌無力，始是新承恩澤時。……

從六朝到唐代，是一個很重視天生資質和稟賦的時代，這在六朝文獻中常有討論，這些討論也包括人的形象風采之美。而白居易在此，就把楊貴妃美貌的境界比擬成六朝美學中對天資之美的讚嘆。

【名家例句】

只有在回味傅莉的beauty時我才快樂。那快樂是曖昧的。beauty這個詞在中文裡不容易準確譯出來；「美」、「魅力」皆不能盡釋其意，讓我暫借「麗質」一詞吧。她慘痛地失去了她的麗質，外在的內在的，大部分失去了，而她與生俱來的那種麗質是回味不盡的。只說她當年嫁進蘇家後營造的那個長媳的姿態，就是無與匹敵的。……如今回想起來，傅莉當初隱而不顯的這個姿態，是何等的一種beauty！（蘇曉康〈精神癱瘓與書寫休眠〉）

2 言行舉止

來如雷霆收震怒，罷如江海凝清光

那高超的舞藝，如陣陣雷霆，突然而起，氣象萬千，聲勢動人，一旦舞罷，當她凝神斂氣，那種神采，好似江海之上一片平波映照著無邊的光輝。

【作者與詩詞】

出自杜甫〈觀公孫大娘弟子舞劍器行〉：

昔有佳人公孫氏，一舞劍器動四方。觀者如山色沮喪，天地為之久低昂。如羿射九日落，矯如群帝驂龍翔。來如雷霆收震怒，罷如江海凝清光。絳脣朱袖兩寂寞，晚有弟子傳芬芳。臨潁美人在白帝，妙舞此曲神揚揚。……

【名家例句】

印度的神像，佛像，「飛天」，以及其他的人像，都是半裸露的，充分地表現出理想的健康的男女體格，所謂之「目如荷瓣，腰如獅子」，真是骨肉均勻，婀娜剛健，尤其是舞蹈的神像和人像，把迅疾和翩婉的舞態，有力地在刀斧下刻劃出來，使人瞻仰之下，有「來如雷霆收震怒，罷如江海凝清光」的感覺。（冰心《冰心作品第四卷》）

欲說還休

這首詞在「少年不識愁滋味」的上半闋之後，後半闋是「而今識盡愁滋味」，反應了人情在歷經滄桑之後，反倒有「欲說還休」的難言。

【作者與詩詞】

出自辛棄疾〈醜奴兒〉（書博山道中壁）：

少年不識愁滋味，愛上層樓。愛上層樓。為賦新詞強說愁。而今識盡愁滋味，欲說還休。卻道天涼好個秋。

【名家例句】

「這完全是你的夢想，你一定是在那裡做夢，真是荒唐無稽的夢。」這也是由我那位朋友的嘴裏前後敘述出來的情節，但是從陳君的對這敘述的那種**欲說還休**祇在默認的態度看來，或者也許的確是他實際上經歷過的艷遇，並不是空空的一回夢想。（郁達夫〈十三夜〉）

酒已都醒，如何消夜永

這首詞句講深秋寂寥清景，人去樓空，酒醒夢回是詞人常用以描寫、寄寓這類情感的情境，所以此詞最後以「酒醒之後，怎奈何這漫漫長夜的清冷寂寥」作結，呼應前面所鋪敘的秋深冷落之感。

【作者與詩詞】

出自周邦彥詞〈關河令〉：

秋陰時晴向暝。變一庭淒冷。佇聽寒聲，雲深無雁影。更深人去寂靜。但照壁、孤燈相映。酒已都醒，如何消夜永。

周邦彥，字美成，北宋錢塘人。生於仁宗嘉祐元年，卒於徽宗宣和三年。周邦彥是北宋調和各個詞家風格而集大成的作家，本身極善音律，能自創曲調，而他的詞也流傳甚廣，可媲美柳永。他的詞作，多詠景物與豔情，然而詞句工麗，音律嚴整，不流於輕薄，而典雅工致，亦足以成一大家。

【名家例句】

到了一處，朋友們和他開了個小玩笑；他臉上略露窘意，但仍微笑地默著。聖陶不是個浪漫的人；在一種意義上，他正是延陵所說的「老先生」。但他能瞭解別人，能諒解別人，他自己也能「作達」，所以仍然——也許格外——是可親的。那晚快夜半了，走過愛多亞路，他向我誦周美成的詞，「酒已都醒，如何消夜永！」我沒有說什麼；那時的心情，大約也不能說什麼的。（朱自清〈我所見的葉聖陶〉）

小紅低唱我吹簫

這是南宋江湖詩人典型的名士風流。唐人追求飛揚歡快的自我表現，而宋人自始的藝術個性，較為內斂，且常有「和」的精神。姜夔是南宋江湖詩人中最具藝術氣質的詞家，和宋代許多文人寫作上常帶有勸學或苦吟的色彩不同，這首詩寫出了創作中情意融洽，清空悠遠的意境。

【作者與詩詞】

姜夔〈過垂虹〉：

自作新詞韻最嬌，小紅低唱我吹簫。曲終過盡松陵路，回首煙波十四橋。

【名家例句】

又一天我放假回來，我弟弟給我看新出的歷史小說《孽海花》，不以為奇似的撂下一句：「說是爺爺在裡頭。」厚厚的一大本，我急忙翻看，漸漸看出點苗頭來，專揀姓名音同字不同的，找來找去，有兩個姓莊的。是嫖妓丟官後，小紅低唱我吹簫，在湖上逍遙的一個？看來是另一個，莊崙樵，也是文學侍從之臣，不過兼有言官的職權，奏參大員，參一個倒一個，一時滿朝側目。（張愛玲《對照記》）

當時年少春衫薄，騎馬倚斜橋，滿樓紅袖招

這是唐人「少年遊」的典型風情。晚唐的韋莊回憶少年遊有著「洛陽才子他鄉老」的情感背景。韋莊出身長安才子，因唐末戰亂避亂於蜀地，為五代十國中「蜀」國開國之主王建重用，晚年富貴，然而如同南北朝時候滯留北方的庾信一樣，長懷故國之思。

【作者與詩詞】

出自韋莊詞〈菩薩蠻〉：

如今卻憶江南樂。當時年少春衫薄。騎馬倚斜橋。滿樓紅袖招。翠屏金屈曲。醉入花叢宿。此度見花枝。白頭誓不歸。

【名家例句】

當祖父失去了右手五根手指，他努力學成後半生以左手寫字、記帳，我保留著他給我的一封信，那乍看稚拙似蝌蚪游移的字，偶爾翻出看看，我不草率憐惜，但願看出他活著時的堅韌。大姑說了他年輕時的一件逸事，一度沉迷黑管還是薩克斯風，有段時日不務正業跟著樂隊環島巡迴演出去（「當時年少春衫薄，騎馬倚斜橋，滿樓紅袖招。」）難怪一次電視劇演員拿薩克斯風擺樣子，他興奮指著螢幕笑說手勢錯了。我狐疑著他怎會瞭解。更早的記憶，我亂敲著一架玩具鋼琴，他過來左手彈幾個音符居然成了一段旋律。所謂「曲有誤，周郎顧。」（林俊穎〈笨蛋老實人〉）

羽扇綸巾談笑用兵

就如同〈赤壁賦〉中「橫槊賦詩」為曹氏父子文采風流樹立形象，「羽扇綸巾談笑用兵」，這是蘇軾賦與周瑜的英姿煥發的形象。唐宋時期，三國人物的形象尚未完全一統，杜甫為孔明形塑典型，後繼者如蘇軾則繼續以語言藝術為歷史人物打造鮮明的形象，這些都成了後人對於三國英雄好奇與認識的基礎。

【作者與詩詞】

出自蘇軾詞〈念奴嬌〉（赤壁懷古）：

大江東去，浪淘盡、千古風流人物。故壘西邊。人道是，三國周郎赤壁。亂石穿空，驚濤拍岸，捲起千堆雪。江山如畫，一時多少豪傑。遙想公瑾當年，小喬初嫁了，雄姿英發。羽扇綸巾。談笑間，檣艣灰飛煙滅。故國神遊，多情應笑我，早生華髮。人間如夢，一樽還酹江月。

【名家例句】

辜振甫如果還在世，面對馬英九力挺林中森出任海基會董事長的理由乃因他是「一張白紙」，會是什麼感想？辜老縱有孔明借東風之才，羽扇綸巾談笑用兵的器度，怕也瀟灑不起來了。林中森接掌海基會，夾雜在包括金溥聰使美等人事案當中，又兼傳來海基會修改組織章程使董事長為有給職的爭議，馬英九遂親自上陣釋疑。但彷彿這些新聞都還不夠亂，總統補上的竟是「林中森一張白紙，更有發揮空間」的這麼一槍。（《聯合晚報／社論》〈如果辜振甫聽聞「白紙」說〉）

我勸天公重抖擻，不拘一格降人才

祝願天地造化打起精神來，多為世間誕育卓犖不群的人才。

【作者與詩詞】

龔自珍〈己亥雜詩〉第一二五首：

九州生氣恃風雷，萬馬齊瘖究可哀。我勸天公重抖擻，不拘一格降人才。

【名家例句】

導遊歷史熟稔，談吐不凡，看得出胸懷大志，有先憂後樂的氣概，令我油然想到定庵的警句：「我勸天公重抖擻，不拘一格降人才。」問其姓名，答曰「繼偉」。我對他說：「將來我還會聽見你的名字。」（余光中〈故國神遊〉）

3 思想風範

萬事盡如秋在水，幾人能識靜中香

【作者與詩詞】

出自翁同龢的對聯：

萬事盡如秋在水，幾人能識靜中香。

翁同龢，字叔平，號松禪，清末江蘇常熟人。生於清宣宗道光十年，卒於清德宗光緒三十年。為清末大臣，兩朝帝師，參與清末變革諸事務，也是一個知識分子在混亂時代裡的代表人物。

可從兩個方向來讀：一是「秋」在「水」，秋氣高明寒潭澄淨，映照下聯「靜中香」，應對所以觀照萬事的能鑑之心；另一是從《莊子》「秋水時至，百川灌河，涇流之大，兩涘渚崖之間，不辨牛馬」的典故來看，當萬事如百川灌河，霧氣滂渤湧動中，能辨識世事真味者有幾人？

【名家例句】

日本電影大師小津安二郎，生前堅持庶民戲路線，票房和藝術雙贏，百歲冥誕，日本人請出侯孝賢拍攝《珈琲時光》追思他；今年過世五十週年，另一位大師山田洋次則是重拍了小津的經典《東京物語》，「萬事盡如秋在水，幾人能識靜中香」，人走了半世紀，靜香猶在，聒噪早已無蹤影，這才是人間公道。（藍祖蔚〈江山代有狂人出〉）

人生過處唯存悔，知識增時只益疑

傳統讀書人對於學問與人生進程的關係，有兩個最熟悉的說法，一是孔子的「十五而有志於學，三十而立；四十而不惑；五十而知天命；六十而耳順；七十而從心所欲不逾矩」；另一則是反向立論的，「蘧伯玉行年五十而知四十九年非」。王國維此詩中對於學問和人生的反思，採取了後一種心得。懂得知「非」，懂得問「疑」，亦即進入了深廣的辯證之境，這或也是大學問家「驀然回首」的人生一境。

【作者與詩詞】

出自王國維〈六月二十七日宿硤石〉：

新秋一夜蚊如市，喚起勞人使自思。試問何鄉堪著我，欲求大道況多歧。人生過處唯存悔，知識增時只益疑。欲語此懷誰與共，鼾聲四起鬥離離。

王國維是清末大學者，跟當時中西文化衝擊下的中國學人一樣，他的學問成就有諸多面向，文學、哲學、史學、美學、金石、考古、甲骨文等等，且無一不精，在每一領域均開創出出色的學術方法與成果。他的《人間詞話》，更是詞學登堂入室的重要典籍。

【名家例句】

我在想王國維那首詩〈六月二十七日宿硤石〉：「新秋一夜蚊如市，喚起勞人使自思。試問何鄉堪著我，欲求大道況多歧。人生過處唯存悔，知識增時只益疑。欲語此懷誰與共，鼾聲四起鬥離離。」王國維的夫子自道之詞更能表達這一份「人生過處」的無奈和感傷：「余之性質，欲為哲學家則感情苦多而知（智）力苦寡；欲為詩人則又苦感情寡而理性多。」王國維的一個「悔」字所呈現的是種種交互作用而使人躊躇不前的兩難，他的整個兒人生都籠罩在左支右絀、趑趄不前的矛盾之中，這種「悔」，是在受想行識的糾纏之中自尋煩惱，境界自有其高度，似乎和「每天都在後悔」的一個小孩子距離甚遠。（張大春〈悔〉，《送給孩子的字》）

❖曾城填華屋，季冬樹木蒼

形容當時成都雖位居西南邊陲，卻是崑崙天國下一方名都，重重疊疊的豪門高宅與重重疊疊的高山參差並列，在這喬木蒼蒼的西南都會中，簫鼓笙簧等禮樂教化也從不間斷。

【作者與詩詞】

出自杜甫〈成都府〉：

翳翳桑榆日，照我征衣裳。我行山川異，忽在天一方。但逢新人民，未卜見故鄉。大江東流去，遊子去日長。曾城填華屋，季冬樹木蒼。喧然名都會，吹簫間笙簧。信美無與適，側身望川梁。鳥鵲夜各歸，中原杳茫茫。初月出不高，眾星尚爭光。自古有羈旅，我何苦哀傷。

【名家例句】

杜甫草堂是個古樸質真的簡居，即如老杜悲天憫人，充滿社稷關懷的人道主義者，也是歌詠人性的浪漫主義者，他的「草堂」豈止是基層社會的希望，也是文化在生活真實的實踐者。看他書寫詩志：「曾城填華屋，季冬樹木蒼，喧然名都會，吹簫間笙簧。」或是朋友的酬答：「客裡何遷次，江邊正寂寥，肯來尋一老，愁破是今朝。」或草堂修葺感想：「茅屋一間遺像在，有誰於世是知音。」用典象徵實景雅室的描寫，處處充滿人情的真實。（黃光男〈川流不息〉）

❖庾郎未老，何事傷心早

「庾郎」，指南朝詩人庾信，庾信前半生與其父庾肩吾皆曾任職梁朝東宮，隨侍於雅好文學的帝王詩人蕭氏父子，文采綺豔，哀宛動人，後半生滯留於北朝，時有鄉國之思，暮年所作〈哀江南〉賦感慨沉深，血淚交織。這裡以「庾郎未老」譬喻年少不知愁，卻已有善感輕靈的哀思，恰似新月如眉時這般清巧鮮妍的片時心緒。

【作者與詩詞】

出自納蘭性德〈點絳脣〉：

一種蛾眉，下弦不似初弦好。庾郎未老，何事傷心早。素壁斜暉，竹影橫窗埽。空房悄，烏欲曉，又下西樓了。

納蘭性德，又名納蘭成德，字容若，滿州正黃旗人。生於清世祖順治十二年，卒於清聖祖康熙二十四年。性德為清初著名詞人，詞風纏綿婉約，以性靈為長，承繼了花間、南唐一派詞風，其作品又以小令最佳。

【名家例句】

曉陽在青春年少的時候為我們留下了《春在綠蕪中》，一如納蘭性德留下了〈點絳脣〉式的自問：「庾郎未老，何事傷心早？」老成人不會這樣問；老成人只會逞仗其橫秋老氣，嗤笑青春無事，耽溺哀愁，卻忘記那樣的「強說」，恰是尚未被江湖人事磨老、磨鈍、磨圓、磨滑的一顆心，隨時接受也發散著感動。用這種感動之心看人，便會發現平凡人出塵的神采。（張大春〈一種蛾眉，何事傷心早〉）

❖花近高樓傷客心，萬方多難此登臨

在這四方多難的時候，我登上高樓遠望家山；此時正是繁花錦簇的盛春時節，在愁雲遍佈的天色下，鮮麗的繁花卻彷彿穿透雲靄，逼近高樓，撼動了旅人的愁懷。這又是杜甫一獨特又生動的語法。首句就以「花近高樓」撲面而來，彷彿在山河殘破、萬方多難的雲靄下，連本應鮮妍明媚悅人心目的奼紫嫣紅，也令避難的旅人驚心而傷情了。以具象而生動的「花近高樓」，勾起「萬方多難」的無邊傷心，語句的安排非常深刻。

【作者與詩詞】

出自杜甫〈登樓〉：

花近高樓傷客心，萬方多難此登臨。錦江春色來天地，玉壘浮雲變古今。北極朝廷終不改，西山寇盜莫相侵。可憐後主還祠廟，日暮聊為〈梁甫吟〉。

【名家例句】

有一次在床前跟他說話，忽然想起了「花近高樓傷客心」的詩句，卻怎麼也想不起下一句。老弱病殘的陳先生在昏黃的燈下輕輕地說：「萬方多難此登臨」。啊！這就是我一生傾心相愛而至委身相隨的陳先生了！永遠的錦心與繡口。這兩句本是雙重倒裝，在河山易色、家國動盪之秋，有此登樓，乃見花開。而登高可以望遠，遠望可以當歸，或思鄉，或懷人，自身恆是客，故心為之傷。這也反映了初到台灣又旋即赴美的少年陳之藩的心境。老杜憂中原文化的陷落，陳氏感時代世局之荒涼。（童元方〈有斜陽處——與陳之藩攜手走過〉）

曲終收撥

在樂曲終了時，以撥子拂過琵琶四弦，四弦發出齊一而宛如撕裂絲綢一般的聲音。

【作者與詩詞】

出自白居易〈琵琶行〉：

……水泉冷澀弦疑絕，疑絕不通聲暫歇。別有幽愁暗恨生，此時無聲勝有聲。銀瓶乍破水漿迸，鐵騎突出刀槍鳴。曲終收撥當心畫，四弦一聲如裂帛。東舟西舫悄無言，唯見江心秋月白。

【名家例句】

但在時間的流淌中，從望盡天涯到欄杆拍遍，我們看到長在征途、踽踽獨行的中年陳之藩。但再看下去，幾度時空轉換，已是空山新霽，大笑朗朗的老年陳之藩。如果四類作品是四首歌，那曲名必然是：花近高樓、月色中天、晴開萬樹、溫風如酒；而羅斯科的那幅畫「天與海的窗」，就是可以安身立命的曲終收撥了。（童元方〈有斜陽處——與陳之藩攜手走過〉）

文章自得方為貴

在宋代文人社會中興起了強烈的「學古」、「崇古」的風潮，這股風氣，自北宋中期延燒到金代，也滲透到一切學術。當天平過度偏頗於「厚古」的一邊時，也演變成固守門閥、不問是非、挾門派自重的弊端。金代詩人王若虛，眼見從宋代以來，不只政治上有黨爭，文壇上也常將派閥鬥爭視為當然，便深深體會到當時詩歌創作上這一積弊，於是他的論詩主張強烈要求文章要有獨立判斷，出自自我深刻省思過的創造才是可貴。

【作者與詩詞】

出自金・王若虛〈論詩絕句〉：

文章自得方為貴，衣鉢相傳豈是真。已覺祖師低一著，紛紛法嗣復何人？

王若虛，字從之，號滹南遺老。金代藁城（今屬河北）人。生於金世宗大定十四年，卒於宋理宗淳祐三年，是金代的大學問家。

【名家例句】

黃庭堅是「江西詩派」的開山祖師。苕溪漁隱叢話及雲麓漫鈔，皆載呂本中所作「江西詩社宗派圖」；

當時有名者即三十家，成為宋詩的代表。江西詩派的影響深遠，黃庭堅及二陳——陳師道、陳與義的高處，原在「文章自得方為貴」；只以淺夫妄人，凡無病呻吟，故作窮餓酸辛之態者，皆遁入江西詩派，致自金、元開始，即為世所詬病。（高陽《清末四公子》）

❖窗竹影搖書案上，野泉聲入硯池中

窗前竹影隨著清風搖曳，落在正埋首觀閱的書案上；屋外流泉聲聲悅耳，伴我磨硯寫作。

出自杜荀鶴〈題弟姪書堂〉：

何事居窮道不窮，亂時還與靜時同。家山雖在干戈地，弟姪常修禮樂風。窗竹影搖書案上，野泉聲入硯池中。少年辛苦終身事，莫向光陰惰寸功。

杜荀鶴，字彥之，晚唐萬年人。生於唐武宗會昌六年，卒於唐昭宣帝天祐元年。杜荀鶴在晚唐詩壇頗有詩名，到了宋初還常被討論。

【名家例句】

這傢伙嘴裡含著銀調羹出世，絕緣塵慮，一生淡泊，不計得失，早年謀個差事打發光陰，晚來到不了逍遙林下的境界，日子畢竟過得挺祥寧的。他有一次對我說，費城一位老華僑還他一個人情債，送了他一幅寒玉堂的楹聯：「窗竹影搖書案上，野泉聲入硯池中」，掛在廳堂上朝夕相對，滿心風雅，問我那到底是誰的聯語，我猜是唐詩裡的杜荀鶴，他聽了更得意。（董橋〈流言〉）

多情應笑我

神遊於這歷史勝境，遙想著當年英雄人物，可笑這多情懷想千古事的我，在這相較之下更像是夢境一般的人間，卻早已是滿頭白髮！

【作者與詩詞】

出自蘇軾詞〈念奴嬌〉（赤壁懷古）：

大江東去，浪淘盡、千古風流人物。故壘西邊。人道是，三國周郎赤壁。亂石穿空，驚濤拍岸，捲起千堆雪。江山如畫，一時多少豪傑。遙想公瑾當年，小喬初嫁了，雄姿英發。羽扇綸巾。談笑間，檣艣灰飛煙滅。故國神遊，多情應笑我，早生華髮。人間如夢，一樽還酹江月。

【名家例句】

一千年過去，漢語詞彙隨不同時代的更新，歷代有歷代文風用字特點。但是時間越久，越能看出東坡文字語言的平實。立足在語言最大的廣度基礎上，幾經時代變遷，文句詞彙還是歷久彌新，沒有過時落伍之感。「多情應笑我」五個字，又是古典，又極現代。情至深處，回到平常心，是所有創作者最難過的一關。東坡過了這關，真實，簡易，平凡，也因此能寬容，能豁達。東坡是聰明的，當然自負，也看不起一些人。但他也最能自嘲，看到自己的缺陷不足，在他人精明處糊塗。即使總有悲憤，總有貪嗔，也都在自嘲裡可以化解，呵呵一笑——「多情應笑我」，是東坡自嘲，也是東坡坦蕩，是東坡獨自得意的喜悅，也是東坡孤獨的蒼然苦笑吧。（蔣勳〈美學系列／天涯何處〉）

❖舊學邃密、新知深沉

原有的學問在幾經商議辯證之後，思慮更加縝密通貫；而在相互問學的陶冶中，新增的學識逐漸涵養內化，更加深厚沉穩。

【作者與詩詞】

出自宋．朱熹〈鵝湖寺和陸子壽〉：

德義風流夙所欽，別離三載更關心。偶扶藜杖出寒谷，又枉籃輿度遠岑。舊學商量加邃密，新知培養轉深沉。卻愁說到無言處，不信人間有古今。

【名家例句】

巴松運氣很好，他在哥大念書時，學界正在開發文化史的研究，他躬逢其盛，非常投入，即立志要做一個文化學者兼文化史家。文化史就是把文化、藝術、思想和歷史事件的發展貫穿融合起來，而凸顯其豐盛。西方知識界常把學問淵博的人稱為「文藝復興人」或「百科全書派」，巴松就是一個「舊學邃密、新知深沉」的大學者，他涉獵廣而深，從法國和德國文學、音樂、語言、詞源學、哲學、教育、文學批評、莎劇、詩歌到偵探小說，無一不通，樣樣都精。（林博文〈文化史家巴松不朽貢獻〉）

❖夜闌風靜縠紋平。小舟從此逝，江海寄餘生

遭逢幾次文字之災後，蘇軾對於世途有了更加冷眼靜觀的態度，江海猶有平靜，而人世波瀾無定，不如如孔子所說的，「乘桴浮於海」，一葉扁舟，忘情於海闊天空的江海之間。

【作者與詩詞】

出自蘇軾詞〈臨江仙〉（夜歸臨皋）：

夜飲東坡醒復醉，歸來彷彿三更。家童鼻息已雷鳴。敲門都不應，倚杖聽江聲。長恨此身非我有，何時忘卻營營。夜闌風靜縠紋平。小舟從此逝，江海寄餘生。

【名家例句】

為別人做功課，做給別人看的功課，都不是最難的功課。最難的功課，通常是自己給自己的功課。一次大災難，過了生死一關，愧疚十口家人受累，弟弟貶謫，好友都遭牽連下放。東坡在黃州時給朋友寫信，多無人敢回信，政治的恐懼牽連，可以理解，一般人也許會慨嘆世態冷暖，東坡說「多難畏人」，害怕人，遠離人，正是找到機會，好好給自己做一次孤獨的功課。這生命本來不是自己的，忙忙碌碌，總是為他人活著，什麼時候能回來好好做一次自己？夜闌風靜縠紋平。小舟從此逝，江海寄餘生。（蔣勳〈朗讀東坡〉）

❖山窮水盡疑無路

陸游形容山村景致，千回百轉而時有意外之趣。

【作者與詩詞】

陸游〈遊山西村〉：

莫笑農家臘酒渾，豐年留客足雞豚。山重水複疑無路，柳暗花明又一村。簫鼓追隨春社近，衣冠簡朴古風存。從今若許閒乘月，拄杖無時夜叩門。

【名家例句】

他讓材料、形式、內容，由相互對抗、顛覆，而達於對談、和解。他總在「山窮水盡疑無路」之刻，適時展開「柳暗花明又一村」的新境，生發「風起水湧」的汩汩靈泉。（古月〈窗外有藍天〉）

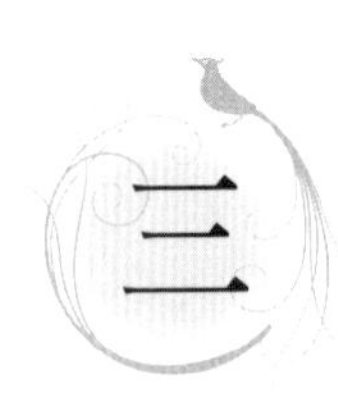

三 景物

1 自然景觀

❖一雙愁黛遠山眉

這是形容佳人眉目含愁的神。描寫兒女思情是五代詞的大宗，溫庭筠、韋莊俱是此中翹楚。而這一句描寫美人愁思，讀者可與溫詞〈更漏子〉中的「眉翠薄，鬢雲殘」作一番對照，可以隱約領略兩者相異其趣的不同風格。

【作者與詩詞】

韋莊〈荷葉杯〉：

絕代佳人難得，傾國，花下見無期。一雙愁黛遠山眉，不忍更思惟。閒掩翠屏金鳳，殘夢，羅幕畫堂空。碧天無路信難通，惆悵舊房櫳。

韋莊，字端己，唐末京兆杜陵（今陝西省長安縣）人。韋莊最初是在唐末戰亂中，寫了一首著名的〈秦婦吟〉長詩而負有盛名，後來則更以詞作，成為五代詞的開創與成就者，和同樣是五代詞壇祭酒的溫庭筠並稱「溫韋」。他們同樣都擅長描寫閨閣情懷，惟風格不同，溫詞穠麗而韋詞清遠。

水是眼波橫，山是眉峰聚

從詩經以來，以物喻人的手法屢見不鮮，然而以人來比況景、物，通常是少數物類如松竹梅等之「特權」。到了宋代，這種（以物）擬人之法，才隨著詠物題材的開拓，大為盛行，讀者首先會聯想到的，大概是蘇軾的「若把西湖比西子，淡抹濃妝總相宜」的名句，而由王觀的這首詞句，讀者也可以想像蘇軾這妙喻，亦是其來有自了。

【作者與詩詞】

王觀〈卜算子〉：

水是眼波橫，山是眉峰聚。欲問行人去那邊，眉眼盈盈處。才始送春歸，又送君歸去。若到江東趕上春，千萬和春住。

王觀，字通叟，北宋如皋人。生於宋仁宗景祐二年，卒於宋哲宗元符三年。

【名家例句】

春夏草木繁茂的山，在實際上，其色彩當然是綠的（我國人對青與綠，常常混亂不分，故詩文中稱為青山。）即春山的固定色是綠。但是，用直線的眼光看去，春山不一定綠。如果這山離開你有數里路，你望去看見它是帶藍的。因為中間隔著許多空氣，模模糊糊，就蒙上藍色。如果是重慶的山，隔離半里路，也就變成藍色。因為霧很重，綠山蒙了霧，都變成藍山。如果是傍晚，夕陽下山的時候，你眺望遠遠的山，看見他們都變成紫色。因為地上的藍色的暮煙，拼合了夕陽的紅光，變成紫色的霧，這紫霧蒙住了群山。又如很遠的山，不管它是黃是綠，一概變成淡淡的青灰色。詩人描寫女人的眉毛，就用遠山來做比方。「水是眼波橫，山是眉峰聚」，「一雙愁黛遠山橫」，此類的詩句，都要用直線的眼光眺望色彩，方纔描寫得出。

山中一夜雨，樹杪百重泉

山中下了一夜雨後，千山萬壑的泉水源源流下，在「萬壑樹參天」的林子裡，並看不到這等活潑的畫面，但是第二句的「千山『響』杜鵑」，就把視覺轉換到聽覺，這一「響」，把身處的林蔭深處的環境和分外清新敏銳的聽覺接在了一起，於是，順勢帶上了一夜雨後的重重流水聲，然而，這流水聲並不平平鋪敘，「『樹杪』百重泉」，又翻出一層視覺層次，從這裡，擴大了泉聲從四面八方而來的想像。這一聯詩句妙在藉由空間層次和視覺想像傳達了聲音的效果。

【作者與詩詞】

出自王維〈送梓州李使君〉：

萬壑樹參天，千山響杜鵑。山中一夜雨，樹杪百重泉。漢女輸橦布，巴人訟芋田。文翁翻教授，不敢倚先賢。

【名家例句】

王維，中國最偉大的一位寫景詩人，用這方法寫著：山中一夜雨，樹杪百重泉。當然，設想樹梢的重泉，需要相當費一下力。但適因這樣的寫景法是那麼稀少，而且祇能當高山狹谷，經過隔宵一夜的下雨，在遠處形成一連串小瀑布，顯現于前景的幾枝樹的外廓時，讀者才能獲得此配景的印象，否則

不可能。」（林語堂〈人生的盛宴〉）

月光如水水如天

月光如水，水光接天，心思也隨之迷離縹渺，不似在人間。

【作者與詩詞】

趙嘏〈江樓舊感〉：

獨上江樓思渺然，月光如水水如天。同來玩月人何處，風景依稀似去年。

趙嘏，字承祐，唐代山陽（今屬江蘇淮安）人。約生於唐憲宗元和元年，約卒於唐宣宗大中七年。

花久影吹笙，滿地淡黃月

在花下久坐，對著昏黃的月色，撩亂的花影中，清風吹過，彷彿笙簫低吟之聲。

【作者與詩詞】

出自范成大〈醉落魄〉：

棲烏飛絕。絳河綠霧星明滅。燒香曳簟眠清樾。花久影吹笙，滿地淡黃月。好風碎竹聲如雪。昭華三弄臨風咽。鬢絲撩亂綸巾折。涼滿北窗，休共軟紅說。

范成大，字致能，南宋吳郡人。生於宋欽宗靖康元年，卒於宋光宗紹熙四年。他是南宋四大詩人之一，尤以田園山水為其大宗。

【名家例句】

記得從前，熱中於寫生畫的時候，有一回向學校請了假，寄居在住在西湖邊上的友人那裡，等到黃昏月上，背了寫生箱到湖上來寫月夜的風景。月光底下的景色觀察不真：天用什麼顏料？水用什麼顏料？山用什麼顏料？都配不適當，連作了好幾張sketch，都失敗，廢然而返。友人並不弄畫，卻喜吟詩，看了我帶回來的月夜湖景，不管失敗不失敗，對著畫信口便吟：「月光如水水如天！」接著又感傷地吟下去：「同來玩月人何在？風景依稀似去年！」吟罷倒身在床裡，悠然地沉思起來。我卻被他最初那句詩提醒，恍然剛才配色的失敗。是天，水，山的分別太清楚之故。原來月光與水與天，顏色是很相類似的。後來在詞中讀到「花吹影笙，滿地淡黃月」之句，又知道月夜風景中可添用暖色的「黃」。試一下看，果然有效。那畫面減少了陰澀之氣，而頓覺溫暖可親了。（豐子愷〈文學的寫生〉）

❖山色有無中

在衡軛三湘襟帶九江的荊門這個地方眺望，無邊無際的漢江，像是從天外而來，又滾滾流向天地之外，在瀰天的江水遠方，隱約浮現著山巒的輪廓。

【作者與詩詞】

出自王維〈漢江臨眺〉

楚塞三湘接，荊門九派通。江流天地外，山色有無中。郡邑浮前浦，波瀾動遠空。襄陽好風日，留醉與山翁。

【名家例句】

五亭橋如名字所示，是五個亭子的橋。橋是拱形，中一亭最高，兩邊四亭，參差相稱；最宜遠看，或看影子，也好。橋洞頗多，乘小船穿來穿去，另有風味。平山堂在蜀岡上。登堂可見江南諸山淡淡的輪廓；「山色有無中」一句話，我看是恰到好處，並不算錯。這裡游人較少，閑坐在堂上，可以永日。沿路光景，也以閑寂勝。從天寧門或北門下船。蜿蜒的城牆，在水里倒映著蒼黝的影子，小船悠然地撐過去，岸上的喧擾像沒有似的。（朱自清〈揚州的夏日〉）

養花天氣半晴陰

「養花天氣」，本是指南方牡丹花開的時節，常有微雲疏雨，後來在詩詞中，就用以指稱氣候時陰時晴，偶有微雨的暮春季節。

【作者與詩詞】

出自歐陽修詞〈鶴沖天〉：

梅謝粉，柳拖金。香滿舊園林。養花天氣半晴陰。花好卻愁深。花無數。愁無數。花好卻愁春去。戴花持酒祝東風。千萬莫匆匆。

歐陽修，字永叔，宋廬陵人。生於真宗景德四年，卒於神宗熙寧五年。歐陽修是宋代詩文運動的領袖，從他開始，宋詩、宋文逐漸走出既有的傳統，開創出宋人特有的格局，作為文壇領袖，歐陽修博通的修養，也帶動了全面的學術風氣和藝術表現，甚至打開了金石、經史、文藝批評等學術眼界和方法。

【名家例句】

釣臺去桐廬縣城二十餘裏，桐廬去富陽縣治九十裏不足，自富陽溯江而上，坐小火輪三小時可達桐廬，再上則須坐帆船了。我去的那一天，記得是陰晴欲雨的養花天，並且系坐晚班輪去的，船到桐廬，已經是燈火微明的黃昏時候了，不得已就祇得在碼頭近邊的一家旅館的樓上借了一宵宿。（郁達夫〈釣台的春晝〉）

萬壑樹參天

山中到處是高達天際的喬木，樹林深處，杜鵑啼鳴，宛如從四面八方的山林裡一齊響起。

【作者與詩詞】

出自王維〈送梓州李使君〉：

萬壑樹參天，千山響杜鵑。山中一夜雨，樹杪百重泉。漢女輸橦布，巴人訟芋田。文翁翻教授，不敢倚先賢。

【名家例句】

巴登既依黑森林，又傍奧斯河谷，景色多彩多姿。那綿延無盡，一望無涯的黑森林，遍山青翠，山底流水潺湲。公路５００號是黑森林最美的地方，萬壑樹參天，樹梢百重泉。一株一株墨綠色直挺的樹木，全是松、杉，「松柏夾廣路」，路的兩邊，那矯矯蒼松，看盡六朝興廢，人間悲歡，卻總是不言不語蕭蕭立著。（連方瑀〈行雲流水〉）

❖煙銷日出不見人，欸乃一聲山水綠

清晨日出之後，江上霧氣漸消，不知漁翁與小舟划到哪兒了，只聽得「欸乃」槳聲中，青山綠水在晨光中逐漸明亮起來。

【作者與詩詞】

出自柳宗元〈漁翁〉：

漁翁夜傍西巖宿，曉汲清湘燃楚竹。煙銷日出不見人，欸乃一聲山水綠。迴看天際下中流，巖上無心雲相逐。

【名家例句】

船入三峽，不經意中一回頭，只見脈脈的朝陽升起在青峰間，我被眼前的美景驚呆了。「煙銷日出不見人，欸乃一聲山水綠」，這兩岸濃綠的青山與我那麼近，似乎觸手可及。氤氳中，連鳥兒的鳴叫聲，都是一點一滴的，塗滿春天的綠意。呼吸著晨嵐的水氣與草木青蔥的香氣，覺得此生真沒有遺憾了。正如《拾畫叫畫》中所唱的那樣，「驚春誰似我，客途中都不問其他」，除了看和聽，實在不用多說一句話，任無限的感動與訝異，在心中柔腸百轉。（胡建君〈何人彈到春波綠〉）

2 人文環境

❖平沙莽莽黃入天

在那西域雪海邊上的走馬川，放眼望去，一片飛沙走石，無邊無際的黃土塵埃相連到天邊。

【作者與詩詞】

岑參〈走馬川行奉送封大夫出師西征〉

君不見走馬川行雪海邊，平沙莽莽黃入天。輪臺九月風夜吼，一川碎石大如斗，隨風滿地石亂走。匈奴草黃馬正肥，金山西見煙塵飛。漢家大將西出師，將軍金甲夜不脫。半夜軍行戈相撥，風頭如刀面如割。馬毛帶雪汗氣蒸，五花連錢旋作冰。幕中草檄硯水凝，虜騎聞之應膽懾。料知短兵不敢接，車師西門佇獻捷。

岑參，唐南陽人。岑參是盛唐著名邊塞詩人，尤其其七言歌行，詠邊塞雄偉景物，遒勁奇峭。由於他曾任嘉州刺史，人稱「岑嘉州」。

【名家例句】

平地泉本祗有二三人家，鐵路通後，始漸有糧店；但出門一望，平沙莽莽，猶是十足邊塞風味也。席間談及此次戰事，知我方以攻為守；十六、七兩日，夜間以汽車運步兵三團，又有騎兵三團，約共二萬餘人一同開往前方。（朱自清〈綏行紀略〉）

❖蜀江水碧蜀山青

這也是白居易講述明皇楊妃悲劇的〈長恨歌〉中的詩句：敘述在楊貴妃賜死於馬嵬坡之後，玄宗終於歷經重重道途，來到蜀地避難，而日日夜夜面對著蜀地的明山秀水，卻無時無刻不引起玄宗對楊妃的思慕之情。

【作者與詩詞】：

出自白居易〈長恨歌〉：

……翠華搖搖行復止，西出都門百餘里。六軍不發無奈何，宛轉蛾眉馬前死。花鈿委地無人收，翠翹金雀玉搔頭。君王掩面救不得，回看血淚相和流。黃埃散漫風蕭索，雲棧縈紆登劍閣。峨嵋山下少人行，旌旗無光日色薄。蜀江水碧蜀山青，聖主朝朝暮暮情。行宮見月傷心色，夜雨聞鈴腸斷聲。天旋日轉迴龍馭，到此躊躇不能去。馬嵬坡下泥土中，不見玉顏空死處。……

【名家例句】

房子左右，有雲頂兔子二山當窗對峙，無論從哪一處外望，都有峰巒起伏之勝。房子東面鬆樹下便是山坡，有小小的一塊空地，站在那裡看下去，便如同在飛機裏下視一般，嘉陵江碗蜒如帶，沙磁區各學校建築，都排列在眼前。隔江是重慶，重慶山外是南岸的山，真是蜀江水碧蜀山青，重慶又常常陰雨，淡霧之中，碧的更碧，青的更青，比起北方山水，又另是一番景色。（冰心《冰心作品第三卷》）

❖錦江春色來天地，玉壘浮雲變古今

錦江春色，自有天地以來，亙古常新；玉壘關上的浮雲，看盡了古往今來人事的變遷。

【作者與詩詞】

出自杜甫〈登樓〉：

花近高樓傷客心，萬方多難此登臨。錦江春色來天地，玉壘浮雲變古今。北極朝廷終不改，西山寇盜莫相侵。可憐後主還祠廟，日暮聊為〈梁甫吟〉。

【名家例句】

他舉目看見雷委員仍舊立著時，便連忙用手示了一下意，請雷委員在另一張太師椅上坐下。書房內的陳設十分古雅，一壁上挂著一幅中堂，是明人山水，文征明畫的寒林漁隱圖。兩旁的對子卻是鄭板橋的真跡，寫得十分蒼勁雄渾：錦江春色來天地，玉壘浮雲變古今。（白先勇《台北人》）

❖西風殘照，漢家陵闕

在這蕭瑟的秋日下遙想當年長安漢家宮殿的情景，咸陽古道上渺無人跡，惟有西風與殘陽，永恆地照映著寂靜的大地。

【作者與詩詞】

出自李白〈憶秦娥〉詞：

簫聲咽。秦娥夢斷秦樓月。秦樓月。年年柳色。灞橋傷別。樂游原上清秋節。咸陽古道音塵絕。

音塵絕。西風殘照，漢家陵闕。

作者相傳為李白。雖然唐代開元間已開始有詞調流傳，然而關於李白是否寫詞，以及這兩首氣象悠遠的詞作——〈菩薩蠻〉、〈憶秦娥〉是否為李白所作，都是宋人之後的傳說，已難斷定。這兩首詞由於格調甚高，迴然不同於晚唐五代以來旖旎柔媚的詞風，這也是前人推定為李白所作的原因之一。

【名家例句】

明故宮袛是一片瓦礫場，在斜陽裏看，袛感到李太白《憶秦娥》的西風殘照，漢家陵闕二語的妙。午門還殘存著，遙遙直對洪武門的城樓，有萬千氣象。古物保存所便在這裡，可惜規模太小，陳列得也無甚次序。明孝陵道上的石人石馬，雖然殘缺零亂，還可見泱泱大風；享殿並不巍峨，袛陵下的隧道，陰森襲人，夏天在裏面待著，涼風沁人肌骨。這陵大概是開國時草創的規模，所以簡樸得很；比起長陵，差得真太遠了。然而簡樸得好。（朱自清〈南京〉）

❖車如流水

這首詞是李煜回憶當年還是南唐帝王時，宮中上元之夜，繁華富麗與花月爭輝的景象，而更顯得「昨夜夢魂中」深重的愴恨。後來人們引用這句「車如流水馬如龍」時，多半只取其形容市街熱鬧情狀，不過以下範例中小說家張愛玲的筆法，卻保有了原詞類似的反襯效果。

【作者與詩詞】

出自李煜詞〈望江南〉：

多少恨，昨夜夢魂中。還似舊時游上苑，車如流水馬如龍。花月正春風。

【名家例句】

她有點詫異天還沒黑，彷彿在裏面不知待了多少時候。人行道上熙來攘往，馬路上一輛輛三輪馳過，就是沒有空車。車如流水，與路上行人都跟她隔著層玻璃，就像櫥窗裏展覽皮大衣與蝙蝠袖爛銀衣裙的木美人一樣可望而不可及，也跟他們一樣閑適自如，衹有她一個人心慌意亂關在外面。小心不要背後來輛木炭汽車，一剎車開了車門，伸出手來把她拖上車去。（張愛玲《色・戒》）

❖雨打梨花深閉門

這首詞是暮春時節惆悵懷人之作，最後一句「雨打梨花深閉門」隱喻著思念落空寂寞無著的情緒。

【作者與詩詞】

出自無名氏詞〈鷓鴣天〉：

枝上流鶯和淚聞。新啼痕間舊啼痕。一春魚雁無消息，千里關山勞夢魂。無一語，對芳尊。安排腸斷到黃昏。甫能炙得燈兒了，雨打梨花深閉門。

【名家例句】

家茵的房裏現在點上了燈。她剛到客房公用的浴室裏洗了些東西，拿到自己房間裏來晾著。兩雙襪子分別挂在椅背上，手絹子貼到玻璃窗上，一條綢花白累絲手帕，一條粉紅的上面有藍水的痕子，一條雪青，窗格子上都貼滿了，就等于放下了簾子，留住了她屋子的氣氛。手帕濕淋淋的，玻璃上流下

水來，又有點像「雨打梨花深閉門」。無論如何她沒想到這時還有人來看她。（張愛玲〈多少恨〉）

❖南朝四百八十寺，多少樓臺煙雨中

【作者與詩詞】

出自杜牧〈江南春絕句〉：

千里鶯啼綠映紅，水村山郭酒旗風。南朝四百八十寺，多少樓臺煙雨中。

杜牧這首絕句描寫江南春天的景色，除了我們一般所想像的明媚風光外，他指出了一個讓人眼睛一亮的新的焦點——「藏身在江南山光水色當中，長年沐浴於濛濛煙雨，從六朝以來浸潤著無數歷史的佛寺」，一首短短絕句，啟人多少清幽宏遠的想像。

【名家例句】

羅馬從中古以來便以教堂著名。康南海《羅馬遊記》中引杜牧的詩「南朝四百八十寺，多少樓台煙雨中」，光景大約有些相像的。只可惜初夏去的人無從領略那煙雨罷了。（朱自清〈羅馬〉）

❖高高山頭樹，風吹葉落去

樹葉本來長在高高的山頭上，葉落風吹，離開枝頭數千里，從軍的人，就像這落葉隨風一般，何時能再回到故鄉呢？

【作者與詩詞】

出自漢代樂府古詩：

燒火燒野田，野鴨飛上天。童男娶寡婦，壯女笑殺人。高高山頭樹，風吹葉落去。一去數千里，何當還故處。十五從軍征，八十始得歸。道逢鄉里人，家中有阿誰？遙看是君家，松柏塚累累。兔從狗竇入，雉從梁上飛。中庭生旅穀，井上生旅葵。舂穀持作飯，采葵持作羹。羹飯一時熟，不知飴阿誰？出門東向看，淚落沾我衣。

❖庭院深深深幾許

此句大受詞人歡迎，有多位詞人用過，比較確定的有歐陽修和李清照，都在詞文開頭營造出常日院戶幽深的氣息，而詞句最末表現的心緒即往往與此呼應。

【作者與詩詞】

歐陽修〈蝶戀花〉：

庭院深深深幾許。楊柳堆煙，簾幕無重數。玉勒雕鞍遊冶處。樓高不見章臺路。雨橫風狂三月暮。門掩黃昏，無計留春住。淚眼問花花不語。亂紅飛過鞦韆去。

【名家例句】

王小鷹筆下的鶴窠另有一番意境：那「實在是一座太普通了的家常小院，光景不過半畝稍餘，除了西南角落上有幾株青楓，滿院子叢叢簇簇參差錯落的都是竹，竹影森森，幾乎將院子全都覆蓋了」。這倒不是陳老鶴先生的原意，他一個跟頭跌下去之後，只求讀書養氣，枕石流，以終餘生；偏偏女兒陳良渚執意要植叢竹，說是素節凜凜，安可一日無此君。從此，那座廢院「成了重重疊疊的修竹林，一條青磚小道曲折通幽，庭院深深深幾許」？（董橋〈解讀鶴窠〉）

❖宮花寂寞紅

在這處人事荒廢已久的古行宮內，宮花自開自落，無人整理。

【作者與詩詞】

出自元稹〈行宮〉：

寥落古行宮，宮花寂寞紅。白頭宮女在，閒坐說玄宗。

【名家例句】

在南京尤其令白先勇感到時光倒流的，是他不期然重遊「美齡宮」——也就是一九四六年耶誕節母親帶「四哥」和白先勇參加宋美齡舉辦聖誕「派對」的地方：

……我一邊敬南大老先生們的酒，不禁感到時空徹底的錯亂，這幾十年的顛倒把歷史的秩序全部打亂了。宴罷我們到樓上參觀，蔣夫人宋美齡的臥室據說完全維持原狀，那一堂厚重的綠絨沙發仍舊是從前的擺設，可是主人不在，整座「美齡宮」都讓人感到一份人去樓的靜悄，散著一股「宮花寂寞紅」的寥落（劉俊〈文學現場／文武父子．南京身影〉）

3 草木鳥獸

山遠始為容

這句詩文寫出了「遠山如畫」的韻味，出自《隨園詩話》裡提到的一則唐詩。傳統詩話論詩，在閒散的議論中，也有不少作者個人獨到的美學見解或詩歌觀點，而《隨園詩話》也是歷代著名的詩話之一。在此，袁枚提到此詩可與李商隱詠柳相比，均能極盡寫物之工。

【作者與詩詞】

袁枚《隨園詩話》卷一第四二則：

李義山詠《柳》云：「堤遠意相隨。」真寫柳之魂魄。與唐人「山遠始為容，江奔地欲隨」之句，皆是嘔心鏤骨而成。

袁枚在此所引「山遠始為容」，不見於今《全唐詩》。也算是歷代流傳的無數佚詩之一。

【名家例句】

寓樓的窗前有好幾株梧桐樹。這些都是鄰家院子裏的東西，但在形式上是我所有的。因為它們和我隔著適當的距離，好像是專門種給我看的。它們的主人，對於它們的局部狀態也許比我看得清楚；但是對於它們的全體容貌呢。因為這必須隔著相當的距離方才看見。唐人詩云「山遠始為容」。我以為

樹亦如此。自初夏至今，這幾株梧桐在我面前濃妝淡抹，顯出了種種的容貌。（豐子愷〈梧桐樹〉）

❖千呼萬喚始出來，猶抱琵琶半遮面

那位矜持的佳人遲遲不肯出現，待我們邀請了多次，方才應允，而她出現的時候，依然含羞帶怯，懷中的琵琶還遮住了她大半的面容。

【作者與詩詞】

出自白居易〈琵琶行〉：

潯陽江頭夜送客，楓葉荻花秋瑟瑟。主人下馬客在船，舉酒欲飲無管弦。醉不成歡慘將別，別時茫茫江浸月。忽聞水上琵琶聲，主人忘歸客不發。尋聲暗問彈者誰，琵琶聲停欲語遲。移船相近邀相見，添酒迴燈重開宴。千呼萬喚始出來，猶抱琵琶半遮面。……

【名家例句】

黑暗也有黑暗的好處，松樹的長影子陰森森的有點像鬼物拿土。但是這麼看的話，松堂的院子還差得遠，白皮松也太秀氣，我想起郭沫若君《夜步十里松原》那首詩，那才夠陰森森的味兒——而且得獨自一個人。好了，月亮上來了，卻又讓雲遮去了一半，老遠的躲在樹縫裏，像個鄉下姑娘，羞答答的。從前人說：千呼萬喚始出來，猶抱琵琶半遮面真有點兒！雲越來越厚，由他罷，懶得去管了。可是想，若是一個秋夜，刮點西風也好。雖不是真松樹，但那奔騰澎湃的「濤」聲也該得聽吧。（朱自清〈松堂游記〉）

可憐雨歇東風定，萬樹千條各自垂

形容一旦雨停風止，萬樹千條的楊柳依依動人的情景。

【作者與詩詞】

出自白居易〈楊柳枝詞〉，八首之四：

紅板江橋青酒旗，館娃宮暖日斜時。可憐雨歇東風定，萬樹千條各自垂。

【名家例句】

我冒雨跑到蘇堤，寫了一幅垂柳圖歸來。偶然翻開詩集，看到白居易的「楊柳枝」詞：「可憐雨歇東風定，萬樹千條各自垂。」剛才所見的景色的特點，被這十四個字強明地寫出了。我辛辛苦苦地跑到蘇堤去寫這幅畫，遠不如讀這首詩的快意！（豐子愷〈文學的寫生〉）

夜闌風靜縠紋平，小舟從此逝，江海寄餘生

遭逢幾次文字之災後，蘇軾對於世途有了更加冷眼靜觀的態度，江海猶有平靜，而人世波瀾無定，不如如孔子所說的，「乘桴浮於海」，一葉扁舟，忘情於海闊天空的江海之間。

【作者與詩詞】

出自蘇軾詞〈臨江仙〉（夜歸臨皋）：

夜飲東坡醒復醉，歸來彷彿三更。家童鼻息已雷鳴。敲門都不應，倚杖聽江聲。長恨此身非我有，何時忘卻營營。夜闌風靜縠紋平。小舟從此逝，江海寄餘生。

【名家例句】

麻雀的巢不如燕子的那般完整而牢固，僅是由一枝枝纖細柔軟的枯枝架起的碟狀結構，令人驚喜的是，還別出心裁地鋪了一層細緻溫暖的羽毛。我深深為這樣樸實、簡單卻巧思而不乏細節的設計所感動。如果燕子的巢是童話故事中公主富麗堂皇的宮殿城堡，那麼麻雀的巢便該是蘇軾的〈臨江仙〉中「夜闌風靜縠紋平，小舟從此逝，江海寄餘生」，那只樸實無華、無奢無求、無憂無慮的一葉扁舟吧！擺渡，擺渡，擺著自己的雙翅，渡自己生命的長河。（張敦智〈巢來巢往〉）

杜鵑花落子歸啼

暮春三月，正是杜鵑花花期將盡，落花滿地中，杜鵑鳥才剛開始啼鳴的時候。

【作者與詩詞】

出自白居易〈送春歸〉：

送春歸，三月盡日日暮時。去年杏園花飛御溝綠，何處送春曲江曲。今年杜鵑花落子規啼，送春何處西江西。帝城送春猶怏怏，天涯送春能不加惆悵。莫惆悵，送春人。冗員無替五年罷，應須準擬再送潯陽春。五年炎涼凡十變，又知此身健不健。好送今年江上春，明年未死還相見。

【名家例句】

鳥和花雖有連帶關係，然而鳥有鳥名，花有花名，幾乎沒一個是雷同的，惟有杜鵑卻是花鳥同名，最為難得。唐代大詩人白樂天詩，曾有「杜鵑花落杜鵑啼」之句；往年亡友馬孟容兄給我畫杜鵑和杜鵑花，題詩也有「訴盡春愁春不管，杜鵑枝上杜鵑啼」之句，句雖平凡，我卻覺得別有情味。（周瘦鵑〈杜鵑枝上杜鵑啼〉）

國家圖書館出版品預行編目資料

如何捷進寫作詞彙. 詩詞引用篇 / 林湘華編. -- 二版. -- 臺北市：商周出版,城邦文化事業股份有限公司出版：英屬蓋曼群島商家庭傳媒股份有限公司城邦分公司發行, 2023.11
面；　公分. --（中文可以更好；31）

ISBN 978-626-318-925-6（平裝）

1.CST：漢語　2.CST：作文　3.CST：寫作法　4.CST：詞彙

802.7　112017807

中文可以更 31

如何捷進寫作詞彙——詩詞引用篇

編　　者／林湘華
責任編輯／鍾宜君（初版）、林瑾俐（二版）

版　　權／吳亭儀
行銷業務／周丹蘋、賴正祐
總 編 輯／楊如玉
總 經 理／彭之琬
事業群總經理／黃淑貞
發 行 人／何飛鵬
法律顧問／元禾法律事務所 王子文律師
出　　版／商周出版
城邦文化事業股份有限公司
台北市中山區民生東路二段141號9樓
電話：(02) 2500-7008 傳真：(02) 2500-7759
E-mail：bwp.service@cite.com.tw
發　　行／英屬蓋曼群島商家庭傳媒股份有限公司城邦分公司
聯絡地址／台北市中山區民生東路二段141號11樓
書虫客服服務專線：02-25007718・02-25007719
24小時傳真服務：02-25001990・02-25001991
服務時間：週一至週五09:30-12:00・13:30-17:00
郵撥帳號：19863813　戶名：書虫股份有限公司
讀者服務信箱E-mail：service@readingclub.com.tw
歡迎光臨城邦讀書花園 網址：www.cite.com.tw
香港發行所／城邦（香港）出版集團有限公司
香港九龍九龍城土瓜灣道86號順聯工業大廈6樓A室
Email：hkcite@biznetvigator.com
電話：(852) 25086231　傳真：(852) 25789337
香港發行所／城邦(馬新)出版集團 Cite (M) Sdn. Bhd.
41, Jalan Radin Anum, Bandar Baru Sri Petaling,
57000 Kuala Lumpur, Malaysia. Email：cite@cite.com.my
電話：(603)90578822　傳真：(603) 90576622

封面設計／杜浩瑋
插　　畫／陳婷衣
排　　版／唯翔工作室
印　　刷／韋懋實業有限公司
經 銷 商／聯合發行股份有限公司 電話：(02)2917-8022　傳真：(02) 2911-0053

■2023年 11 月 2 日二版

ISBN　978-626-318-925-6
定價／320元

城邦讀書花園
www.cite.com.tw

廣　告　回　函
北區郵政管理登記證
北臺字第10158號
郵資已付，免貼郵票

104　台北市民生東路二段141號11樓

英屬蓋曼群島商家庭傳媒股份有限公司城邦分公司　收

請沿虛線對摺，謝謝！

書號：BK6031X　　書名：如何捷進寫作詞彙—詩詞引用篇

請於此處用膠水黏貼

讀者回函卡

線上版讀者回函卡

感謝您購買我們出版的書籍！請費心填寫此回函卡，我們將不定期寄上城邦集團最新的出版訊息。

姓名：＿＿＿＿＿＿＿＿＿＿　性別：☐男　☐女

生日：西元＿＿＿＿年＿＿＿＿月＿＿＿＿日

地址：＿＿＿＿＿＿＿＿＿＿

聯絡電話：＿＿＿＿＿＿＿＿　傳真：＿＿＿＿＿＿＿＿

E-mail ：

學歷：☐ 1. 小學 ☐ 2. 國中 ☐ 3. 高中 ☐ 4. 大學 ☐ 5. 研究所以上

職業：☐ 1. 學生 ☐ 2. 軍公教 ☐ 3. 服務 ☐ 4. 金融 ☐ 5. 製造 ☐ 6. 資訊
☐ 7. 傳播 ☐ 8. 自由業 ☐ 9. 農漁牧 ☐ 10. 家管 ☐ 11. 退休
☐ 12. 其他＿＿＿＿＿＿＿＿

您從何種方式得知本書消息？

☐ 1. 書店 ☐ 2. 網路 ☐ 3. 報紙 ☐ 4. 雜誌 ☐ 5. 廣播 ☐ 6. 電視
☐ 7. 親友推薦 ☐ 8. 其他＿＿＿＿＿＿＿＿

您通常以何種方式購書？

☐ 1. 書店 ☐ 2. 網路 ☐ 3. 傳真訂購 ☐ 4. 郵局劃撥 ☐ 5. 其他＿＿＿＿

您喜歡閱讀那些類別的書籍？

☐ 1. 財經商業 ☐ 2. 自然科學 ☐ 3. 歷史 ☐ 4. 法律 ☐ 5. 文學
☐ 6. 休閒旅遊 ☐ 7. 小說 ☐ 8. 人物傳記 ☐ 9. 生活、勵志 ☐ 10. 其他

對我們的建議：＿＿＿＿＿＿＿＿＿＿

＿＿＿＿＿＿＿＿＿＿

＿＿＿＿＿＿＿＿＿＿

請於此處用膠水黏貼